中华先锋人物
故事汇

宋鱼水
辨法析理的暖心人

SONG YUSHUI
BIANFA XILI DE NUANXIN REN

鞠 慧 著

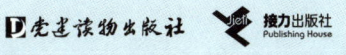

党建读物出版社　接力出版社

图书在版编目（CIP）数据

宋鱼水：辨法析理的暖心人/鞠慧著. —南宁：接力出版社；北京：党建读物出版社，2021.8
（中华人物故事汇. 中华先锋人物故事汇）
ISBN 978-7-5448-7308-6

Ⅰ.①宋… Ⅱ.①鞠… Ⅲ.①传记小说－中国－当代 Ⅳ.①I247.5

中国版本图书馆CIP数据核字（2021）第143747号

宋鱼水 —— 辨法析理的暖心人
鞠 慧 著

责任编辑：	马 婕 陈 楠	
文字编辑：	张永鹏	
责任校对：	高 雅 杜伟娜	
装帧设计：	严 冬 许继云	美术编辑：高春雷
出版发行：	党建读物出版社 接力出版社	
地　　址：	北京市西城区西长安街80号东楼（邮编：100815）	
	广西南宁市园湖南路9号（邮编：530022）	
网　　址：	http://www.djcb71.com　　http://www.jielibj.com	
电　　话：	010-65547970/7621	
经　　销：	新华书店	
印　　刷：	河北鹏润印刷有限公司	

2021年8月第1版　　2022年2月第2次印刷
787毫米×1092毫米 32开本　　5.25印张　　72千字
印数：10 001—15 000册　　定价：25.00元

本社版图书如有印装错误，我社负责调换（电话：010-65547970/7621）

目 录

写给小读者的话 ………… 1

最看重的称呼 ………… 1

追逐漫天繁星 ………… 9

学习永无止境 ………… 15

跨越第一道障碍 ………… 21

最小的案,最大的事 ………… 29

共赢共存 ………… 37

用心的倾听者 ………… 43

法官有权又无权 ………… 51

美丽的心情 ………… 57

严冬里的暖 ………… 63

老妈妈的知心人 ⋯⋯⋯⋯ 69

温柔地回绝 ⋯⋯⋯⋯ 77

知心姐姐 ⋯⋯⋯⋯ 85

寻根溯源解难题 ⋯⋯⋯⋯ 91

法理与情理 ⋯⋯⋯⋯ 97

尊严、原则与温度 ⋯⋯⋯⋯ 103

开创性的判决 ⋯⋯⋯⋯ 111

私情与公权 ⋯⋯⋯⋯ 117

"双损"变"双赢" ⋯⋯⋯⋯ 123

让"对立"变成"和谐" ⋯⋯⋯⋯ 131

跨越这道坎儿 ⋯⋯⋯⋯ 137

胜败皆服 ⋯⋯⋯⋯ 145

法官与母亲 ⋯⋯⋯⋯ 151

写给小读者的话

亲爱的小朋友,你去过法院吗?见过法官叔叔、法官阿姨开庭审理案件吗?

相信大多数小朋友脑海中出现法院、法庭的时候,眼前的画面是这样的:庄严的法庭,高悬的国徽,身穿法袍的法官们端坐在厚重有质感的法椅上,肃穆威严。

有的小朋友可能会说,我在影视剧里见过呀!

但影视剧中的庭审场面,多是和刑事案件有关的,法官们面对的常常只有被告人。

民事案件乍看起来很平常,但要处理好原告、被告之间的纠纷,做到案结事了,却并非易事。

法官们每天都会遇到性格迥异,并带着各种目的来到法院的原告和被告。面对案情错综复杂的案件，他们时而抽丝剥茧，揭开层层案情；时而一针见血，直抵真相，让企图狡辩的一方无言以对；时而又温言细语，朋友般耐心细致地做当事人的工作，辨法析理，让原告、被告两方由势不两立，变为相互理解而达成和解，由"双损"变"双赢"。

亲爱的小朋友，你想知道法官们真实的工作情景吗？

现在，就让我们一起来认识一位法官阿姨吧，她就是北京知识产权法院的宋鱼水法官。

二十世纪六十年代，宋鱼水出生在美丽的海滨小城蓬莱。不过，她的家离蓬莱还有七十多公里呢！这个生长在偏远山区的普通女孩，长大后，带着乡音考入北京的高校，并且很早就确立了当法官的志向。参加工作后，她在法官这个特殊的岗位上，用无数妙招化解矛盾，让原告、被告双方服判息诉，胜败皆服。

　　亲爱的小朋友，你想认识宋鱼水法官吗？让我们一起走进这位法官阿姨的故事吧！

最看重的称呼

在过去的三十多年里，宋鱼水凭借着她的专业素养和忠诚、清正、耐心与善良，从见习书记员做起，一步一个脚印，踏踏实实地朝前迈进，执着地守护着法律的公正。

在宋鱼水的心中，分量最重的是"法官"这个头衔。她常说："对于一名法官而言，案件永远是摆在第一位的。"

院庭长带头办案，是北京知识产权法院建院之初就规定的制度。宋鱼水在海淀区人民法院知识产权审判庭工作期间，虽然众多社会兼职和这样那样的活动占用了她大量的精力和时间，但她

中华先锋人物故事汇　宋鱼水

在落实院庭长办案制度上，从未打过折扣。

在基层担任审判长、副庭长、庭长期间，经宋鱼水之手办理的案件，大部分属于办理起来费时又耗力的疑难、新型案件。入职北京知识产权法院以后，宋鱼水和助理们每年办理的案件数量都超过了五十件。

同时，案件架起了她与年轻人沟通的桥梁，也加深了她对全院办案工作的了解。北京知识产权法院的年轻法官吴园妹对宋鱼水审理案件时的态度和精神，非常敬佩。

吴园妹在接受采访时曾说："宋院长一直坚守着'辨法析理，胜败皆服'的信念。每一次庭审结束后，她都会走下审判席，走到当事人中间，让双方谈一谈对庭审中的争议问题各有什么看法，以及原告、被告双方主张的权利还需要哪些证据支持等。"

宋鱼水对待疑难案件的态度，也影响着年轻法官们。

吴园妹说："碰到特别棘手的案子，我们的第一反应是先放一放。可宋院长不这样，她总是先啃硬骨头。宋院长说，案子放得越久，当事人心里就越没底。我们审理起来，难度也就越大。"

吴园妹还说："宋院长早已经是知识产权领域的审判专家了，可每当遇到疑难案件，她还是会抱着学习的态度，找院里这方面最优秀的法官组成合议庭审理，每一个案件，宋院长都要精益求精。"

无论是在海淀区人民法院、第三中级人民法院，还是在北京知识产权法院，宋鱼水对于案件的严谨、认真和公正司法、胜败皆服的工作态度，一直影响着一批又一批的年轻法官。

法官李颖刚到海淀区人民法院时，给宋鱼水做过助理。谈到与宋鱼水一起工作的那段时光，李颖满脸钦佩地说："做宋院长的下属，是一件幸运、幸福又快乐的事。虽然忙、累，可有宋院长带着我们，心里就有一股向上的劲儿，再苦再累，也不觉得了。"

谈到宋鱼水对待工作的认真、严谨，李颖想起这样一件事。

"那是一起歌曲著作权案件。撰写判决书的时候,宋院长让我反复修改了五遍。宋院长亲自指导我在逻辑上、行文措辞上反复推敲。改到第四遍的时候,我就有点烦了,觉得宋院长真是认真得有点过分了。不就是一份普通的判决书吗?这么认真,有必要吗?随着阅历的增长,我明白了宋院长对年轻法官的高标准、严要求对我们以后的成长是多么必要。她让我们学会了沉下身子、沉下心来去做事。而那份被她要求反复修改的判决书,获得了最高人民法院知识产权裁判文书评比一等奖。"

回忆起这段经历,对宋鱼水的言传身教,李颖仍念念不忘。"我们宋院长常说,裁判文书是法官的名片。宋院长对待工作的认真态度、敬业精神,影响着我们法院的一批又一批法官。"

北京知识产权法院宿院长是带领宋鱼水一起创建该院的老领导,他对宋鱼水的评价是:"宋鱼水是一位忠诚、干净、有担当又接地气的好法官,是名副其实的优秀共产党员。在工作中,不管多累、多难,不管受到什么委屈,她总能平静、温和地去面对,用理性与思考面对各种难题。"

独立办案三十多年来,法院审理的案件数量高速增长,宋鱼水和她的同事们始终以"为人民不计功利,想事业甘于奉献"的拼搏精神,以及以"内强素质,外树形象"的敬业精神提质增效,每年都圆满完成各项审判工作。其中,部分疑难、复杂、新型案件取得了良好的社会效益,受到同行和社会的广泛赞誉。

宋鱼水办公室的箱子里满满当当地放着一大摞她获得的各种荣誉证书和奖章:全国青年五四奖章、全国优秀共产党员、中国十大女杰、全国劳动模范和先进工作者、全国模范法官、中国法官十杰(2003)、金法槌奖、全国十大杰出青年法官、人民满意的好法官、全国三八红旗手、北京市"人民满意的政法干警"、全国五一劳动奖章、"最美奋斗者"……

对这些荣誉,宋鱼水看得很淡,她说:"我从来没觉得这是我个人的荣誉,也不在乎荣誉能带给我什么,我在意的,是荣誉能推动我去做些什么。对于一名法官,鲜花和掌声固然是一种激励,但更重要的是人民群众的信任。胜败是法律的尺度,而信任是无言的丰碑。"

当有人赞叹宋鱼水有那么多的荣誉和职务时,她总是真诚地说:"在所有的称呼中,我最看重的,是法官这个称呼。"

追逐漫天繁星

一九八五年，宋鱼水考入中国人民大学法律系，如愿进入理想的大学。对自幼生长在小山村的宋鱼水来说，从偏远的山区到繁华的都市，周围的环境、人们的吃穿及言谈举止等，一切都与她曾经的生活不再一样，简直像进入了另一个世界。

宋鱼水还记得和同学们第一次进图书馆时的情景。看到那么多的书，宋鱼水一时惊得张大了嘴巴。她记得，自己当时轻轻移动着脚步，慢慢地在书架间走着，如饥似渴地读着一排排书脊上印着的一个个书名，如同一只采花粉的蜜蜂，在花丛间翩翩起舞。

学校图书馆里藏书琳琅满目，那里是知识的海洋。新生入学后，都会先到图书馆参观，尽快熟悉图书馆的环境。对宋鱼水来说，无论是哲学类、文学类、心理学类，还是农业类书籍，甚至连医学类、工程类和财务类等以往不曾接触过的门类的书籍，她都充满兴趣。看每一本书，不管是熟悉的还是陌生的，宋鱼水都感到无比亲切。与一排排书如此近距离地接触，宋鱼水感觉就像与她的朋友、同学、老师，以及村里的邻居相逢。无论哪一位"亲朋好友"，她都不想冷落。宋鱼水的心中充满了幸福和甜蜜，她默默地说，我要找到更好的读书学习方法，尽自己所能，读更多的书。

校图书馆的管理员也给宋鱼水留下了深刻的印象，他们既有书卷气，又特别高雅。宋鱼水想，这里的书多，人也不一样，这也许就是书给人带来的变化吧！

在图书管理员的管理下，一张张书卡成了每本书的名片。二十年纪八十年代的图书馆，受益于改革开放政策，除国内图书外，也有很多国外原版书和引进后的译本。尤其是那一排排的世界名著，吸引着宋鱼水的目光，也引发了她的阅读兴趣。宋鱼水的目光，从一本书移向另一本书。她的双眸中，闪烁着好奇的光芒，就像天文爱好者追逐着漫天繁星一样。

当走到法律等书籍面前时，宋鱼水的双脚就像粘在了地上一样，她忘记了时间，忘记了饥渴。从格劳秀斯、孟德斯鸠，到萨维尼、庞德、贾德哈克，从诸子百家到《史记》《资治通鉴》，这些古今中外的鸿篇巨制，每一部都仿佛为年轻的宋鱼水打开了一扇窗，铺开了一条路，让她看到了精彩的世界。

宋鱼水静静地站在书架前，心咚咚咚狂跳不止。她感觉自己所面对的，并非一本本著作，而是一位位思想巨人，她在跟他们对话。

宋鱼水的日记里有这样一段话："新的大学生活开始了。一切，都那么不一样。看到马路上的红绿灯，我都感觉新鲜，何况图书馆那些琳琅满目的书呢！那么多好书能免费读，也太幸福了吧！多读书，让自己变得视野开阔，见识丰富，勤于思索。"

课内学习同样给宋鱼水带来了成长的契机。老师们的课都很精彩，同学们来自全国各地，各种文化相互交流碰撞，时时闪烁出智慧的火花。宋鱼水以老师讲课为主线，以同学们的争论焦点为思考的起跑线，先向同学们学习，再向老师请教。课外的精彩讲座，她更是从不放过。年轻的宋鱼水，像一块弹性十足的海绵，在知识的海洋里，尽情地吸收着营养。

下课后回到宿舍，同学们或捧读书本，或发表高论。宋鱼水很喜欢倾听各位室友的不同评论或观点。她们往往是持正反两种意见，经由大家的辩论及互相揭示，就会出现新的视野、维度、层面，书本上僵硬、死板的知识也变得具体，生动，鲜活。有的人喜欢读书破万卷，有的人喜欢举一反三。对宋鱼水而言，她更适合做后者。

同学们的激烈讨论，总会引起宋鱼水浓厚的兴趣，但她并不爱发言。因为宋鱼水觉得，讨论到关键处，年轻人的争强好胜心、求胜心有时会变得直白而又尖刻，情急之下难免会有失客观。

虽然可以理解，但她还是喜欢寻找正确的路径乃至理性的结论，所以她没有选择做原告或被告。

宋鱼水在日记中写道："四年大学生活，在八位室友尽情展现聪明才智的过程中，我成为最大的受益者。"

周末和节假日，宋鱼水喜欢与同学们一起逛街，游玩。班级组织的集体活动也丰富多彩。他们游故宫，爬长城，漫步颐和园、圆明园遗址公园，欣赏皇家园林的磅礴设计，寻找历史发展的脉络，探寻那尘封已久的文化印迹。"一畦春韭绿，十里稻花香"，他们吟着诗，在稻香湖公园举行划船比赛。最令宋鱼水难忘的是，他们还亲历了密云植树活动，以及十渡、野三坡的野外训练。

集体活动是有组织、有序进行的，带宋鱼水和同学们走进各种环境，总能唤起他们各种各样的思考。作为大学生的宋鱼水，与她的同学们一起，在游览祖国大好河山的过程中增长了知识，在探索知识的征途中感受到了国家的发展与进步。

学习永无止境

当面对这样那样的困惑时，宋鱼水知道，在书本中总能找到最佳答案。

宋鱼水曾在日记中这样写道："那些好书，都是前辈们经验的总结，是知识的结晶。每捧起一本好书，就感觉是在与一位前辈面对面谈心交流，在'众里寻他千百度'之后，终有收获的喜悦之情瞬间迸发。让书本的知识变成生活中的指南，我感受到了读书的真正意义，也感受到了知识可以改变生活，知识可以重塑人生。"

也就是从这时开始，宋鱼水真正认识到教材中及课堂上老师所推荐的参考书的重要性。根据《中国人民大学法学院学术发展史》记载，早在

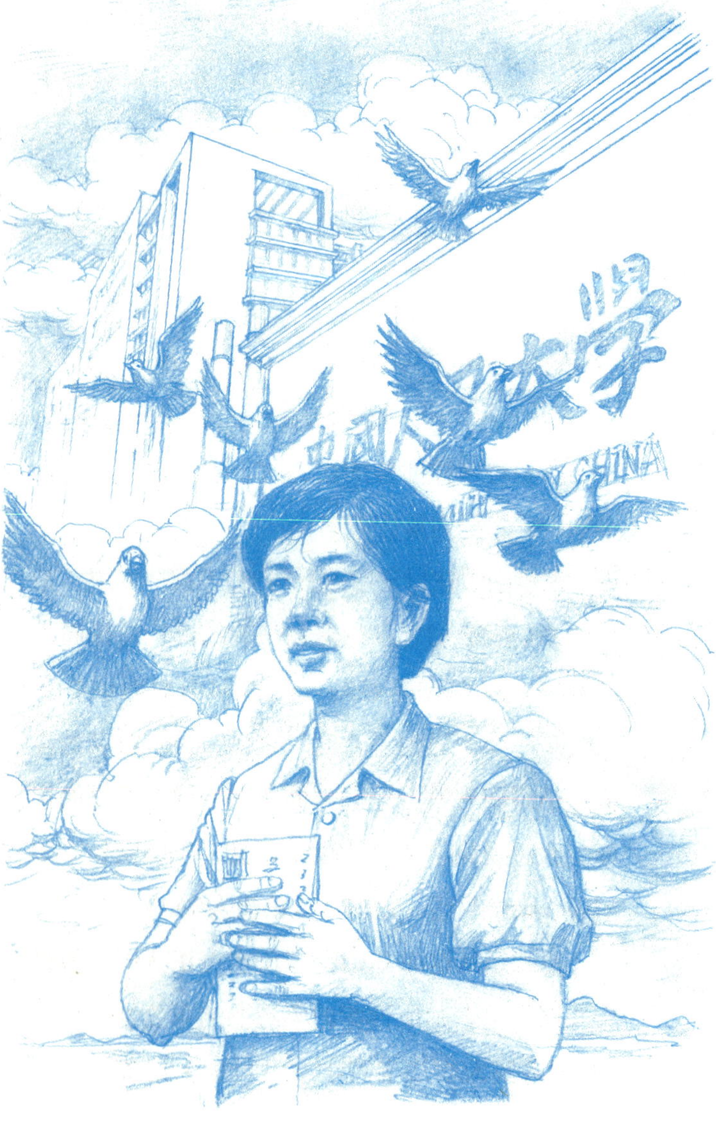
CHINA

新中国成立之初,人大法律系就担负起重任,是新中国法学教育的"工作母机"。在法学教育理念上,人大倡导以人为本,以学生为本。在人才培养方面,坚持教授为本科生授课,以深入浅出的方式把基础和前沿知识传授给学生,同时训练其法律技能和法律思维。

宋鱼水真切地感受到,老师们授课时对知识的系统梳理,变成了理解教材不可或缺的金钥匙。但课堂上有限的上课时间,已远远不能满足宋鱼水对知识的渴求。她挤时间重温教材,阅读与教材有关的参考书,从书中找到需要消化和理解的要点,等待老师讲课的时候自己能发现新的东西。这一方法,加深了宋鱼水对知识的理解,同时也更激起了她对知识的兴趣、对读书的热爱。

在此基础上,结合老师有计划地安排的一些讨论,宋鱼水的思辨能力得到了训练和提高。为了能在讨论中做到发言准确凝练,宋鱼水全身心地投入到学习中。她要求自己以安静、沉稳、理性的心态多读书,读好书。

工作之后,宋鱼水利用业余时间返回学校完

成了硕士、博士分阶段学习。这些在职学习课程大部分都安排在晚上和周末。学习压力之大,牵扯的精力之多是难以想象的。但是,这样系统的学习,使宋鱼水在工作中遇到的问题得到了及时解决。给宋鱼水授课的老师,有的曾是她本科时的老师,对彼此都有较深的了解,这也为宋鱼水提升思考能力提供了宝贵的机会。

那个时期,凡是能挤出的时间,宋鱼水都用在了学习上,真正做到了业内、业余两手抓,工作、学业两不误。在博士阶段的学习过程中,宋鱼水有机会更广泛地参与并听取不同学科老师的专题讲座。令她受益最大的,是老师们将学校翻译出版的很多书推荐给她阅读。与司法实践结合,与作者倾心交流,让她收获满满。在工作最繁忙的日子里,劳累一周的宋鱼水,最大的享受是在夜深人静时捧读一本好书,并思考一些专业难题。书成为她的良师益友,也是她不断进步的阶梯。

宋鱼水的通信录里有两个群是她的至爱:年级读书群和年级文化群。每天早晨或者晚上,学友们都在"晒"自己所读的书籍或所写的文章。已人到中年的学友们，在各行各业工作，他们共同的爱好是读书。他们相互监督，相互鼓励，共同成长。有了这么多的同行者，宋鱼水感到欣慰和快乐。每一天，他们都能伴着喜悦的心情，投入到繁忙的工作中。

宋鱼水也曾在日记中写过这样一段话："读书是一个由本我、自我到超我的知识增强和境界提升过程。也许开始是为自己、父母和家人而读书，以报答父母的养育之恩。到了大学，作为来自农村的大学生，我曾经获得过国家的助学金，而且成为一名大学生党员。国家的教育和培养，奠定了我强烈的社会责任感。校园里，洋溢着一片求真务实的学习氛围，我和我的同学们知道，要用知识报效祖国。校园里的读书氛围让我的内心深处充满了感动与快乐。书之于我，就如同清新的空气之于人类，甘霖之于久旱的大地一样贵重。"

那时的宋鱼水，就下定决心，将来一定要从事为人民服务的法官工作。

跨越第一道障碍

宋鱼水也有需要克服的弱点,这就是她以往并不曾意识到的普通话问题。

在宋鱼水的老家,乡亲们说话总是饱含着浓浓的乡音,大家对普通话的接受非常缓慢,有哪个从外地回来的人,如果改了乡音,甚至还要被鄙视。宋鱼水很少能接触到纯正的普通话。

之前,宋鱼水也从没觉得胶东话有什么不好。但自从进了大学校园,同学之间自然要用普通话进行交流,老师也要求同学们在一定程度上减少乃至告别乡音,这让她感觉到了说方言的不便。

同学们来自全国各地,各种乡音都汇集到了这里。一开始,同学们说宋鱼水的话带着"浓郁的海蛎子味"时，宋鱼水只是笑笑，她并没太在意。但当在课堂上讨论问题时，她的胶东话却无法让人顺畅地听懂，甚至会被人错误地理解。

"宋鱼水同学，你将来是要做法官的。如果你的当事人听不明白你的话，那怎么开庭？"

老师的话，令宋鱼水惊出了一身汗。是啊，以前怎么没意识到这个问题的严重性呢？

宋鱼水决定要学习普通话，改说普通话。

这件事说起来简单，可做起来并不容易。自幼习惯了的发音，特别是被公认的难懂难说的胶东话，真的能改过来吗？

宋鱼水这个执着的女孩，走上了艰难的学说普通话的道路。她所在的班级，有十四位女生，其中来自北京、东北地区和内蒙古的女同学普通话说得最好。此外，在其他城市长大的几位女同学普通话也不错。宋鱼水来自胶东农村，胶东人讲话舌根发硬，说普通话时鼻音重且有点大舌头，很多卷舌音难以清楚地发出来。说普通话，对别的同学来说，可能是件简单的事情，但对宋鱼水而言，则非常困难。

宋鱼水试图以朗读的方式学普通话，但她很快发现，自己用普通话朗读文章，在老家可以达到领读的水平，而在北京，只能被大家作为笑谈和调侃的对象。每当听到同学在广播站主持时播出的标准普通话，她既感到亲切，又觉得说好普通话的目标离自己是那么遥远。

在宿舍里，室友们闲暇时会一起帮助她矫正发音。她们给宋鱼水找出了几个最典型的易读错的字：人、喝、肉、乳。宋鱼水读这些字时，经常闹笑话。

同学问宋鱼水："你把'人'读成'银'，把'喝'读成'哈'，把'肉'读成'又'，把'乳'读成'鱼'。你看，这些字的拼音和发音，都是不一样的。你的小学语文老师，就是这样教你们拼音的？"

宋鱼水回答说："是啊，就是这样教的呀！我们都这样拼呀！"

宋鱼水的回答，引来室友们一片善意的笑声。

宿舍里有一位同学不仅普通话说得非常好，模仿别人说话的能力也特别强。她经常在宿舍里纠正室友的各种错误发音，也经常分析各地人的不同发音，这在一定程度上让宋鱼水找到了正确的发音方法。

另一位室友来自北京，父母都是大学毕业，自幼良好的成长环境使她有很好的修养。室友讲起话来京味十足，宋鱼水很爱听她说话，也很愿意和她聊天。在有意无意中，宋鱼水的普通话发音有了不小的进步。

时间长了，宋鱼水被同学打趣的发音，渐渐被她改正过来。毕业时，相比其他同学，宋鱼水在语言运用方面还有很多不足，但是与从前的自己相比，她已不再是那个一说普通话就大舌头的羞怯女生了。室友们的熏陶和学校营造的普通话环境，以及宋鱼水面对困难时不达目的不罢休的韧劲、自身的领悟力，使她的普通话水平有了质的飞跃。

大学毕业后，宋鱼水在北京市海淀区工作，这里大部分人说的都是地道的普通话。每个当事人到法庭说的都不是一句、两句，经常是滔滔不绝，打开话匣子就没完没了地讲起来，直到被制止才罢休。宋鱼水不断地听他们在关键词语中的重调发音，也不断地听到他们情急时冒出的各种"方言土语"，以及自然而然的语调。宋鱼水终于发现，实践绝对是人生大课堂，不必刻意去学，也能收获很多。

工作一段时间后，宋鱼水回到学校。班主任说："宋鱼水，你不仅普通话有进步了，也快变成一个话匣子啦！"

宋鱼水笑着回答："想得到锻炼的同学就到海淀区人民法院吧！"

在海淀区人民法院，宋鱼水接触的除了说北京话的本地人，还有来自全国各地的当事人，她不仅要自己说好普通话，还鼓励当事人说普通话。如果当事人讲不好普通话，怎么能准确完整地表达己方的观点呢？宋鱼水经常对当事人说："你慢点说，用普通话说，一点儿一点儿讲清楚。你讲清楚了，我才能听明白啊！"

宋鱼水对当事人这样说，其实也是在鼓励自己。她时常想起老师的教诲："在法院工作，不会说普通话，怎么去工作呢？"

为了在工作中说好普通话，并提高语言交流的质量，宋鱼水专门买了《卡耐基语言的突破》《歌德谈话录》《论演说家》《法国民法总论》《近代私法史（上、下）》等书籍，有针对性地进行研习。这些书，成为宋鱼水的"好朋友"。它们告诉宋鱼水如何攻克语言障碍、大声朗读的好处、消除紧张的方法和技巧等。同时，也让宋鱼水懂得了，语言可以与音乐完美结合。当用完整的语言段落去表达一个人的思想时，说话人可以像演奏乐器一样发出不同音准、音高以及强弱适度的声音，从中找到并完善自己的节奏和意境。

宋鱼水在日记中写道："会讲普通话、讲好普通话是一门学问，不断精进的过程中也充满了快乐和获得感。"

后来，宋鱼水和大学同学聊天，较真的同学还是能给宋鱼水找出一些语调上的错误。但现在的宋鱼水能用坦然消弭紧张，以理性引领逻辑，做到沟通顺畅。

宋鱼水在日记中还写道："一方水土养一方人，乡音是与生俱来的，是长在骨子里的，有道是'江山易改,乡音难移'。但是,乡音并不应成为人与人之间相互交流时难以逾越的障碍。父老乡亲之间可以通过乡音传递特别的挂念和情感,而在乡音和普通话之间自由切换,或者对乡音进行适当的改良和'包装',则会收到意想不到的结果。"

学会改变而不失本色,在不完美中追求完美,也许这本身就是一种生活方式。宋鱼水希望自己带着乡音的普通话,能够和当事人带着乡音的普通话充分切磋、交流。通过这样的沟通方式,宋鱼水在工作中解决了一系列复杂、困难的法律争议问题。

最小的案,最大的事

在法院工作四年后,宋鱼水被任命为助理审判员,这意味着她可以独立办案了。

宋鱼水接手的第一个案子,是一个标的额不到一千元的小案件,原告是一位外地进京的农民工。

寒冷的冬日早晨,一个身着单薄衣衫的年轻人出现在宋鱼水面前。他身上的衣服太破旧了,竟辨不出原来的颜色。房间里的暖气很热,但他还是缩着肩膀,身子在不停地微微发抖。宋鱼水倒了杯开水递给他。他把杯子捧在手上,借此温暖着冻得红肿的双手。

宋鱼水微笑着鼓励他把诉求详细地讲出来。

"我老家在外地,来北京一年多了。通过一个亲戚介绍,我给一家饭店送菜。开始送的时候,还没出正月呢,你看现在都到年跟前了。我给他们送菜快一年了,一分钱也没拿到。"原告说着,眼圈就红了。

"你向他们店里要过钱吗?"宋鱼水问。

"咋没要过?要了多少遍,我都数不过来了。开始的时候,他们今天推明天,明天又推后天,一直就这么推来推去的,可就是不给钱。我一个外地来打工的,也不敢跟他们急。我还怕失了这个主顾,就这么一直拖着。"原告说。

"你是直接找店里老板要钱的吗?"宋鱼水又问。

"唉,这家店说来也复杂。这一年的时间,换了三个老板。前边两个老板欠的钱,现在的老板连认都不认。我上有老,下有小,老婆还有病,他们不给我钱,往后我这日子可咋过呀!"原告边说,边抹起了眼泪。

宋鱼水抽出几张纸巾,递到原告手上。

年轻人愣了好一会儿,才把纸巾接过来。

"宋法官，一看你就是好人。你可要为我做主啊！你不知道，前天我又去要钱，进了门，我求了服务员和老板，求他们好歹给我点钱。老板烦了，他连话都不许我说，指使几个人，连推带搡地把我拽到了街上。他们还说，我再敢去要钱，他们就打我。以前欠我钱的老板是不在这家店里了，可店还是那个店呀！我不找这家店要，我能到哪儿去要？这钱我要是讨不回来，往后的日子我可咋过呀！"原告说着，双手捂住脸，哭了起来。

面对自己法官生涯中办理的第一桩案件，宋鱼水的心中有点激动又有点忐忑。她知道，自己手中的权力，是用来为人民服务的，自己万万不能有哪怕一丁点儿的辜负。

其实这个案子并不复杂，但宋鱼水不允许自己对案件有丝毫的马虎大意。面对并不算厚的卷宗，宋鱼水看了一遍又一遍，卷宗上的每一句话，每一个字，每一处细节，她都记在心里，并反复揣摩。

宋鱼水前后到那家饭店走访、调查十余次。

不只是那家店的老板、员工，甚至连周围店铺的员工，也都认识了这位认真执着的年轻女法官。

对这个案件的思考及解决方案，宋鱼水都一一记下来；对案件涉及的相关法律条款，她翻开书籍，逐条进行认真比对。其实，宋鱼水在上大学时受过专业的法律思维训练，对这类小案件的相关条款十分熟稔，但她不允许经自己审理的案子有一丁点儿的差错。最终，宋鱼水为这个小标的额案件做的笔记，超过了卷宗的厚度。

庭审前，宋鱼水决定和饭店的现任老板再好好谈谈。她希望通过自己的努力，使这个案件圆满结案。

饭店老板也是满肚子的委屈："宋法官，你说我冤不冤呀！自从接手了这家店，要账的就没断过，一拨儿又一拨儿的人追着我要面钱、米钱、油钱、菜钱，要这样那样的钱。我身上又变不出钱来，我哪有钱啊！"

宋鱼水对饭店老板说："你冤，那个农民工也冤。这些账虽然不是你欠下的，但你承租了这家店，这些欠款，你就要先想办法还上。"

"他那些蔬菜，我连片菜叶子都没见过。这些钱，又不是我欠下的，凭啥要我还啊？"饭店老板很不满地说。

宋鱼水也很同情这位饭店老板。但是，同情不能代替法律的公正。

"按照法律规定，你可以向过去的承租人追偿。但你现在必须先把这些欠款还上。"宋鱼水语调不急不缓，但却认真坚决。

宋鱼水拿出随身带来的法律书籍，翻到夹着书签的那一页，再把打开的书送到饭店老板面前。

仔细看完相关的法律条款，饭店老板很久没有说话。

宋鱼水又趁热打铁，对饭店老板耐心、细致地讲了相关的法律、法规。

听完宋鱼水的讲解，饭店老板才知道，那么多人找他要钱，原来是有法律依据的。饭店老板知道自己理亏，态度就不再那么强硬了。

经过宋鱼水多次耐心、细致的沟通，饭店老板终于同意把菜钱付给原告。

"宋法官，为了这个小案子，你跑了这么多

趟，我都不好意思了。行，看在你这么不辞辛劳地为当事人着想的分儿上，这钱我给他。唉，怪只怪我当初不懂法。早知是这样，在租这个店面之前，肯定打听仔细了再租。宋法官，这回就当我花钱买个教训吧。"饭店老板对宋鱼水说。

原告捧着要回的钱，忍不住痛哭流涕："爸妈，我能回家过年了。老婆，咱又能买药了。儿子，你要的书包，爸也能给你买了！"

初任法官那几年，如店铺易主、给工地运送沙石砖瓦、给餐馆供给鸡鱼肉菜、合同疏漏等小案子，宋鱼水办了不少。每一桩，她都能办得既让当事人接受她的判决，而又不失法官的尊严和法律原则。

宋鱼水明白，几千元或者几百元的标的，是太小太小的案件，但对一个贫困家庭来说，这些钱却无疑是个大数字。那时是二十世纪九十年代初，大多数人的物质生活还不富裕。

宋鱼水说："刚开始独立办案的时候，我审理了大量的小额案件。小额案件与其他案件相比，似乎不值一提。但是我知道，能为了一点点钱上法院打官司的人，大多是贫苦的人。钱尽管不多，但是它关系到一个人、一个家庭的吃穿生计。如果让他们感受到公平正义，他们就会把这个正义带回家庭，从城市带回农村。"

也正是基于这种朴素的想法，宋鱼水无论对待怎样的案件、何种当事人，她都要求自己尽快办理，并做到案结事了，让这些做"小本生意"的当事人尽快拿到钱，使他们感受到法律的公正和社会的温暖。

宋鱼水曾说过这样一句话："为当事人解决纠纷，是我最大的快乐和满足。"

共赢共存

这是一起技术秘密侵权案。原告企业的四名员工从单位辞职后,注册了一家新公司,生产与原告公司相同的产品。原告以被告技术侵权为由,将其起诉到法院。

此类案件,因证据发现困难,历来被认为是知识产权审判中的难点。被告也正是瞅准了这一点,所以心存侥幸,不愿承认带走了原告公司的技术秘密。

宋鱼水与合议庭的法官们一起,搜集、整理、比对与该案件有关的技术资料。遇到那些专业性很强的资料,宋鱼水和合议庭成员们就上网查询,或向相关专家请教。经过不懈的努力,他们最终掌握了被告技术侵权的事实——当宋鱼水把原告的密码输入到被告的电脑后,电脑屏幕上显示出来的设备原理图,与原告提供的图一模一样。

在铁的事实面前,被告一下子蒙了。他们没想到,法官们竟然会懂得此类科学技术,而且一下就抓住了他们的要害。

"公司完了,我们全完了!我们知道自己错了!"被告悔恨交加,他们恳求道,"法官,给我们一条出路吧!"

宋鱼水知道,这种技术秘密侵权案一旦判决,被告公司前期投入的大量资金将血本无归。

宋鱼水曾说过这样一句话:"我有权让不尊重他人权利的人受到制裁,也有责任维护社会稳定,保护社会生产力的发展。"

正是基于这种权利和责任,宋鱼水决定对原告、被告进行调解。如能调解成功,原告许可被告使用这项技术秘密,被告不仅可以转入合法经营,原告也可以得到一笔可观的补偿。调解,可以实现双赢。

一直带着强烈情绪的原告，态度异常坚决："调解可以，被告必须先拿出一百万来。否则，免谈！"

被告虽然调解愿望强烈，但对原告开出的天价，显然无法承受。被告公司的产品尚未投入销售，确实拿不出钱来。

宋鱼水又对案情及有利于双方的因素做了全面分析，她再次找到原告，耐心细致地做原告的工作。宋鱼水对原告说："许可被告使用这项技术秘密，不但可以得到一定的经济补偿，还可以通过被告，扩大你们的市场知名度，成为生意伙伴的被告也会非常感激你们。两家公司共赢共存，可以把双损变为双赢。"

宋鱼水入情入理的话语和朋友般推心置腹的交谈，终于打动了原告。原告对宋鱼水说："我们也不是真想让他们拿一百万，只是当时在气头上。经您这么一说，我们想通了，应该跟他们共存共赢。"

曾经反目的原告、被告，经过宋鱼水的调解，最终握手言和。这起案件的结果是他们达成了调解协议——被告支付原告许可使用费二十万元，同时停止部分产品的生产。

法庭当场制作出调解书，原告、被告自此成为部分产品的合作伙伴。

宋鱼水为原告、被告的顺利合作而高兴，但事情还没有结束。

该案件结案后不久的一天，这起技术秘密侵权案的原告、被告手持调解书，双双出现在了法院。他们找到了宋鱼水，原告问："宋法官，这个调解书还能不能修改呀？"

宋鱼水心里咯噔一下，难道他们其中一方反悔了？

面对宋鱼水疑惑的目光，原告抢着说："宋法官，我们商量好了，所有的产品被告公司都可以生产，同时增加十万元转让费。"

宋鱼水长长地舒了口气。她看出来，此时的原告、被告已经跳出官司，在考虑今后双方更好的合作和各自企业的进一步发展，实现了胜败皆服，两方双赢。

宋鱼水以调解方式审结的案件中，包括大量

疑难案件。她在创造性地破解这些疑难案件的同时，通过总结和思考将调解上升为一门法律艺术。

无数次成功的调解经历，让宋鱼水深深领悟到，执法者如果只是机械地判决和执行，而没有"看见"案件处理结果与当事人命运之间的深度关联，就会导致企业倒闭、亲朋成为仇人的事件不断发生。她不愿看到经自己处理的案件中的当事人付出更大的成本，而是希望他们跨过"官司"这道坎儿之后，有更好的前程。

宋鱼水清楚地知道，如果在处理案件时能让当事人视野更宽，共情范畴更广，通过调解，就可能会使许多面临灭顶之灾的企业起死回生，针锋相对的对手握手言和，当事人能自觉履行义务，真正做到案结事了，使社会更加和谐稳定。

记者采访宋鱼水时，曾问过这样一个问题："我们都知道，相对于判决，选择调解结案，对一名法官来说，所付出的心血和汗水，不知要多多少倍。但在多年的庭审中，您为什么总是首选调解呢？"

宋鱼水说："我调解了大量案件，虽然调解成功一个案子所付出的劳动和心血是巨大的，但这种双赢的结局应该是法官对社会发展、对人民群众期望的最好助力和回应。如果说在法律的基准线上，纠纷中的一方适当让渡一点儿利益，让另一方'活下来'是一种双赢，那么更高层次的双赢则是通过调解，让当事双方握手言和，最终走向合作。"

用心的倾听者

在这起案件里,原告是一位颇有社会影响力的老作家,被告是一家与老作家合作的出版社。

老作家诉该出版社未按合同约定给付足额稿费,他要求该出版社支付所欠稿费,偿付违约期间该款项产生的利息及全部诉讼费用。

作为该案件的审判长,宋鱼水了解到,老作家要求出版社支付剩余稿酬,有他的道理。但是,出版社拒绝全额支付这笔稿酬,也自有他们的说法。

开庭前,宋鱼水就曾多次召集原告方和被告方负责该案件的法务,就原告、被告双方的争议焦点展开讨论。宋鱼水试图在赔付金额上找到一个双方都能接受的平衡点，把案件以调解的方式结案。

原告方态度一直很强硬。老作家说："除非你们出版社能满足起诉书上所提的条件，也就是全额稿费、利息和诉讼费。否则的话，根本就别提'调解'这两个字。"

被告方出版社一直同意调解，具体的调解方案，他们都做出来了。但是，对老作家在起诉书中提到的要求，他们表示"没有办法满足"。

既然不能调解，那就只能通过法律途径，也就是公开审理的方式，来判决该案。

公开审理很简单，但宋鱼水知道，如果判了，老作家肯定不服，还会继续上诉。宋鱼水仍旧想通过调解的方式，比较和缓地彻底解决问题。

该案件的案由其实很简单：老作家和别人合著了一本书，并与该案中的被告方出版社签订了出版合同。书出版后，被告方出版社向原告支付了部分稿酬。原告要求出版社支付全部稿酬，被出版社拒绝了。

出版社为什么拒付全额稿酬呢？原来，事情

是这样的：原告（甲方）在将文稿交付出版社出版期间，在没有征得出版社（乙方）同意的情况下，将该书中的部分内容，在某刊公开发表。乙方以为，甲方的行为，有违双方签订的合同条款，同时也给乙方造成了一定的经济损失。所以，乙方拒绝给甲方支付全额稿酬。

合同中有这样一条规定：

六、乙方在图书出版30日内，向甲方付清首版版税。

老作家死死抓住这一条款，告出版社违约。
但合同中也另有这样两条规定：

一、甲方授权乙方在合同有效期内，在中国大陆地区以图书形式出版发行上述作品简体中文版文本的专有出版权；

二、在合同有效期内，未经双方同意，任何一方不得将第一条约定的权利许可第三方使用。如有违反，另一方有权要求经济赔偿并终止合同。

出版社依据这两条规定，拒不向原告支付全额稿酬。

公正地说，老作家违约在先，出版社依据合同相关条款，拒绝支付全额稿酬，也在情理之中。但老作家死死抓住合同上的第六条不放，强硬地向出版社追要全额稿酬。

通过几次庭前调解，宋鱼水看出，这位老作家的诉讼请求看似是要钱，但其实他真正想要的，并不是钱。

上午八点，庭审正式开始。

在法庭调查和法庭辩论中，老作家引经据典地阐述自己的意见。但是，他却一直不能准确地讲出法律上争议的焦点，而只对一个无关紧要的问题进行反复陈述。

旁听席上的人，有的脸上露出了不耐烦的表情，有的低头玩起了手机，有的甚至打起了瞌睡。

而宋鱼水却一直没有打断老作家的陈述，她

神情专注,对老作家的讲述,不时轻轻点头,目光一直没有离开过正在发言的当事人。

庭审从早晨八点开始,法庭辩论一直持续到中午十二点多才结束。

不知是讲累了,还是被宋鱼水的耐心感动了,老作家的情绪渐渐和缓下来。

宋鱼水对原告、被告双方的辩论进行了总结。在双方都无疑义的情况下,又就出版合同方面的法律规定进行了详细说明。最后,宋鱼水指出了在此案件中,双方存在的争议和各自的过错,并再一次提到了调解方案。

在宋鱼水讲解过程中,老作家坐在椅子上,始终认真听着。他没有像之前那样,一会儿插话,打断别人的发言,一会儿又情绪激动地站起来。

最后,宋鱼水问出了那句和原告、被告说了无数遍的话:"你们是否同意调解?"

被告方代理人说:"同意调解。"

老作家一直没说话。

宋鱼水又问了一句:"原告,是否同意调解?"

令现场所有人都没想到的是，老作家一反常态，出人意料地说道："同意调解。"

这简单的四个字，从老作家嘴里说出来，让在场的人感到非常意外。

之前的几次调解，老作家的态度都非常强硬，他曾说："出版社必须把稿费全额支付给我，包括因推迟支付产生的滞纳金。少给我一分钱稿费，我都不会罢休，我会继续上诉！"

在上午的庭审中，原告做最后陈述时仍坚持："维持诉讼请求。"

没想到，这么一会儿工夫，原告竟然改变了主意！

正当人们猜不出老作家到底是受了怎样的触动而突然改变想法时，他的一席话让大家终于明白过来。

"谢谢你，宋法官！"老作家语调真诚地对宋鱼水说，"这个事发生后，我一直很郁闷。我的亲朋好友都不愿听我详细诉说，他们都嫌烦。宋法官，你是第一个听我把事情的前后经过完完整整说完的人。今天，你让我把想说的话都说了出

用心的倾听者　49

来，我心里痛快多了。宋法官，你是个好人，是个好法官。你的话，我信。仔细想想，这事我做得确实也有问题。凭良心说，也不全怪出版社。经你这么一说，我想明白了，我同意被告提出的调解方案。"

宋鱼水当即让书记员打印出调解书，请原告、被告双方当事人在调解书上签了字。

这是一桩标的额不大，但社会影响却比较大的案件。宋鱼水用真诚、耐心和用心，最终使原告改变了初衷，案件得以成功调解。

原告、被告双方在调解书上签字的同时，握手言和。

法官有权又无权

宋鱼水的同学、朋友，居住在世界各地，而工作、生活在北京市海淀区的同学和朋友最多。他们有的开了自己的律师事务所；有的办起了公司，成为成功的企业家；还有的进入党政机关，做了公务员。但无论是在哪个行业工作的同学、朋友，或者他们的亲朋好友，与法院打交道常常不可避免。

按照回避制度，与宋鱼水有任何关系的当事人的案件，她都主动申请了回避，把案件交由别的法官来审理。

宋鱼水的好友小韦是一名律师，因自己代理的一桩知识产权案即将在海淀区人民法院开庭，小韦找到宋鱼水，想打听一下案件情况，并想让宋鱼水约此案的主审法官"一起坐坐"。

"别的忙，我可以帮；牵扯案件的事，我真是帮不上什么忙。我不能去约主审法官出来'一起坐坐'，退一步说，即使约了，主审法官也肯定不会答应。"宋鱼水微笑着对小韦说。

"你又没约，怎么知道人家不会来呢？你是庭长，庭长的话，法官会不听吗？"小韦说。

"正因为我是庭长，才更不能约。庭长的话，也有对错之分。对的，可以听；不对的，当然不用听。"宋鱼水依然微笑着面对小韦。

对朋友，能帮的忙，宋鱼水总是尽力去帮。但与案件有关的事，即使再亲密的好友，宋鱼水也不会答应。

"你是输还是赢，法律说了算，并不是法官想怎么说就怎么说。你可以收集对自己最有利的证据，写出最有说服力的答辩词。我希望你能在法庭上，通过这些东西说服法官，而不是现在。"宋鱼水坚定地说。

小韦知道宋鱼水的脾气，宋鱼水说不行的事，任何人都无法改变。

其实,拒绝好友,宋鱼水的心中并不轻松。同学、同事、亲朋,大家有着各自的不容易,互相求助帮忙是常情。小韦的要求,亦是常理之事,或许她更想与宋鱼水探讨的是案件中的法律问题,占据预先判断的主动权。然而,法官与律师,不仅需要相互之间的理解,更需要对社会大众的信赖负责。

宋鱼水相信,随着社会的进步,朋友的身份并不会影响到法庭上律师和法官各自所承担的社会责任。但是,老百姓眼中的法律工作者还是需要有一定的言行尺度,当事的另一方肯定不愿意听到对方与法官的亲近关系。因此,拒绝小韦对宋鱼水而言,再正常不过。

宋鱼水在日记中写道:"为了法治的明天,法官与律师率先打造健康而有边界的人际关系是使命,也是法律人共同的价值追求。我坚信,小韦最终也会用理智战胜情感,让情融化在强大的理和崇尚的法之中。"

法律是严肃的,不容任何人随意改变。法律

法官有权又无权

看似冰冷，但宋鱼水却以她的善良和用心，让这冰冷，带上了一抹温暖。

宋鱼水说过这样一句话："如果我办了人情案，托我办事的当事人肯定感激不尽。但另一方的当事人，会在心里说，法官真黑，他的心里也会对生活留下灰色的印记。"

法官这个职业，因其特殊性，极易造成当事人对其态度及评判的两极分化。被当事人埋怨是常有的事，被当事人感激，也是常有的事。

在宋鱼水开庭审理的一个案件中，某家胜诉公司的领导对宋鱼水很是感激，他多次邀请宋鱼水吃饭，都被宋鱼水婉拒了。

"官司都打完了，我也不找你办什么事，我只是想表达一下对你公平地审理这个案子的感谢。"公司总经理对宋鱼水说。

"心意我领了。最近案子太多，太忙了。谢谢！"宋鱼水微笑着说。

"每次想请你吃饭，你都说忙。"那位总经理有些失落地说。

"请你理解！"宋鱼水依然微笑着。

公司领导见请不到宋鱼水吃饭，就想通过别的方式表达谢意。恰巧这家公司有个联谊活动，他们想以嘉宾的形式，邀请宋鱼水参加。

面对那张大红的请柬，宋鱼水微笑着，依然坚决地拒绝了。

宋鱼水对公司领导说："开庭审理案件，是每一个法官的职责。公正司法，也是每一个法官都应该做到的。这是我的工作。你是正义的那一方，我肯定就判你赢。而如果你在非正义的那一方，我肯定要判你输。你是输还是赢，是以法律来评判的，我只是公正司法的执行者。谢谢你的邀请，但这个活动我不能参加。"

公司领导看到宋鱼水如此坚决，只好作罢。临走时，他握着宋鱼水的手，诚恳地说："以前，我总是听到一些人说法官办案时有偏向，说什么'吃了原告吃被告'。通过这个案子，通过宋法官的一言一行，我算认识了真正的法官。"

宋鱼水曾说过这样一句话："我有权代表国家审判，但无权接受感谢。判决书出来的那一刻，案子就结了，法官与双方当事人的关系，也应该跟着了结。再进一步发展，就不正常了。"

国徽在上，法袍在身，天平在心。宋鱼水是这样说的，也一直是这样做的。

宋鱼水荣获"最美奋斗者"称号，这是她用心、用情、用智慧不懈努力的结果。在一次座谈会发言时，宋鱼水感慨地说，我们是一支疏解矛盾的大军，守护着司法的公正。法院的主色调是红色和黑色，我们常年在法庭上面对红色的国徽，身着一身黑色的法袍，庄严肃穆，这象征着我们神圣的职责和使命。

美丽的心情

　　法官这个职业，看似光鲜无比，其实工作压力非常大。很多法官，一年要审理三百多起案子。开庭只是他们工作的一部分，除此之外，他们要阅卷，要反复找当事人沟通，还要写判决书。

　　法官每天面对的是各种各样的人，各种各样的事。有的人脾气暴躁，一言不合就跳起来；有的人不顾法院判决和法律条款，总是觉得自己有理而不停纠缠；有的人说假话，做虚假证明；还有的人明明人证、物证、书证等各种证据都齐全，却拒不认账……有一些特别的人、特别的事，如果不是身在其中，根本无法想象。

法官们的压力，可想而知。

从入职的第一天开始，宋鱼水就在心中告诫自己，无论遇到什么样的人、什么样的事，自己都不能发火。

刚开始做法官时，宋鱼水遇到死缠烂打、蛮不讲理的人，心里的怒火也是不停地燃烧，她强迫自己咬牙忍着。有时实在忍不住，拳头都攥起来了，她会让自己深吸一口气，在心里大声问自己：你发火的目的是什么？发火对案件的进展有用吗？是什么作用，正向的还是负向的？

连问几遍之后，宋鱼水心里的火气就慢慢压下去了。面前的那个人，无论怎样无理取闹，她都能微笑着去面对。

久而久之，宋鱼水再面对那样的当事人时，已经不需要在心中反复自问自答，就能控制住自己的情绪了。

有些刚刚入职的年轻法官，不理解宋鱼水面对形形色色的当事人时，为什么能做到如此平静和理性。

有年轻法官问她："宋庭长，对那样的人，你为什么不仅不生气，还面带微笑？我的肺都要被气炸了，真想对他发脾气。那样的人，太不可理喻了！"

宋鱼水微笑着，对年轻同事轻轻摇了摇头："你一旦忍不住发了脾气，之后可能会有更多让你生气的事。"

"确实，让人生气的人和事太多了。"年轻同事说。

"其实，我们换位思考一下，也许就不那么生气了。仔细想想，比生气更有利于解决问题的办法多得是。"宋鱼水继续微笑着说。

"庭长，真是服你了！不管遇到多么难缠的人，多么复杂的事，你都能做到微笑着面对。"年轻法官由衷赞叹道。

"愁眉苦脸、伤心、愤怒，不仅让自己不舒服，也让跟你打交道的人不舒服。试着把那些坏情绪压下去，好情绪自然就冒上来了。这样做利人又利己，不信你试试。"宋鱼水真诚地对年轻法官说。

宋鱼水一直相信，从事崇高的事业，要带着

感激的心情去生活，生活回报的，也将是微笑。

正是由于宋鱼水的言传身教，越来越多的年轻法官，在面对各种各样的人和事时，能更理性、更平和地去面对，微笑着处理日常工作。

生活中的宋鱼水是个喜欢微笑的人。每调解成一桩案件，她都特别快乐。

曾有记者问宋鱼水："打官司是一件不快乐的事，打官司的人也一样。你是如何把这些人给予你的不快乐，变成一种快乐的呢？"

"我热爱自己的法官职业，爱自己的工作。在做着自己喜欢的工作时，我就是快乐的。当事人给你一个不快乐，你还他一个快乐，那你不是更快乐了吗？能把当事人的案件公平地解决，做到案结事了，这本身也是一件快乐的事。"宋鱼水微笑着对记者说。

宋鱼水不仅把快乐传递给当事人，也尽力为自己的同事分忧解难，为他们带去快乐。二〇〇〇年十一月，宋鱼水升任北京市海淀区人民法院经济审判第一庭副庭长。二〇〇二年七月，升任北京市海淀区人民法院知识产权审判庭、民事审判第五庭庭长。二〇〇九年十一月，任北京市海淀区人民法院副院长。二〇一四年四月，任北京市第三中级人民法院副院长。同年十一月，任北京知识产权法院副院长。无论是在哪个工作岗位上，宋鱼水都同一线的法官们和谐互助。同事有什么困难，她都看在眼里，急在心里。她会尽自己所能，全力帮助。

宋鱼水当庭长的时候，每逢院领导问宋鱼水有没有什么困难时，她都会说："我没困难。我们庭有个同事有困难，希望领导能帮忙解决。"

宋鱼水说："审判工作是个集体性工作，没有大家的配合，就没有我的今天。我很感激我的同事们。我的同事们，更是我志同道合的兄弟姐妹。他们快乐，我会更快乐。"

了解法官这一职业的人，都知道他们的忙、累和压力：一摞摞似乎永远也看不完的卷宗，形形色色的当事人，开庭直播，裁判文书上网……

宋鱼水说过这样一句话："工作时，我们每个人就像一根绷紧了的弹簧。但我们不能一直绷着，那样时间久了，就会失去弹性。我们要学会找时间，让这根弹簧有张有弛。"

忙里偷闲时，宋鱼水会和同事们一起搞一些小活动，让大家借此放松身心，并感受到同事间的友爱与温暖：挤时间和大家去某个小饭店庆祝同事的生日；到圆明园租几条小船，在湖中戏水；一起跑到高校去蹭个课；偶尔，还会跑到剧院，看一场话剧。

法官们虽然忙，虽然累，虽然压力大，但宋鱼水让做法官这项工作变成了一件快乐的事。

如今的宋鱼水会为全院的法官和干警都带来快乐。为了丰富法官们的业余文化生活，院里成立了各种兴趣小组，定期开展各种活动；成立了健走队，院工会每年都找合适的时间，组织法官们到适宜的场所徒步一次，亲近自然，放松身心；每年的三八妇女节，也会组织女法官们搞活动，欢度节日。

法官们希望为当事人传递快乐，同时也让自己在快乐充实的活动中体验积极的人生。

严冬里的暖

东北老工业基地曾是新中国工业的摇篮,然而在二十世纪九十年代初期,东北地区的经济发展速度逐渐落后于东部沿海地区,这里的重工业企业一度面临严峻的挑战。这个被宋鱼水和她的同事调解成功的案例,就发生在那时的东北某城。

原告是北京的一家大企业,被告是东北的一家国有企业。因被告拖欠原告大量货款,原告把被告起诉到了海淀区人民法院。

那个冬天,天气特别冷。在凛冽的寒风中,宋鱼水和原告的代理律师及公司委派的工作人员一起奔赴东北某地调查取证,并查封那家企业的资产。

这是一家曾经创下辉煌业绩的国有企业，产品曾销往全国各地。但是，因为各种原因，在经济寒流中，他们没能挺过来。

宋鱼水看到的，是已经停产的企业和生活困难的下岗职工们。

按照一般的做法，宋鱼水应该立即查封这家企业的全部资产，尽可能多地给予原告经济补偿。

宋鱼水在和企业负责人以及部分职工的交谈中了解到，他们面临着许多困难，比如，心理上的巨大落差，对失去工作的恐慌，生活上的贫困，还有对未来生活的不知所措，等等。

宋鱼水试着与原告北京公司的工作人员和律师交流，给他们详细讲述东北那家企业职工们的各种困难、无助和迷茫，希望原告方能做出让步。原来，东北这家企业被查封前，刚刚把一笔钱存进了银行，而这笔钱是准备发给困难职工的生活费。

原告公司的工作人员和律师原本希望追回的

钱越多越好。相对于物资来说,他们也更希望拿到更多的现金。但是,作为同样有情怀、有爱心的人,他们也看到了东北企业和下岗职工们目前的状况。对宋鱼水讲述的那些人和事,他们也感同身受。在请示了总部领导后,原告北京公司最终做出了让步,他们没有查封那笔即将发放给困难职工的最低生活补助费,而是用了东北企业的其他财产来抵债。

宋鱼水很感动,她说:"那一刻,我为当事人之间的默契而感动。这个案件调解成功,我最深的感触是,当事人之间多一份理解,就会多一种解决问题的方法。"

宋鱼水对调解的理解和实践有更高的目标。那就是,当事双方的"双赢"。

在宋鱼水的调解下,原告没有因为自己追回欠款的行为"逼死"一家寒冬中的企业,没有让一批员工失去活命钱。北京那家大企业作为原告所做出的让步,自身经济利益的损失并不是很大,但对东北这家被告企业的员工来说,则代表了无价的关爱和光明,并且让他们感受到了寒冬中的温暖，同时也增强了他们前行的动力和摆脱困境的信心。

众所周知，打官司是原告、被告双方都可能遭受损失的一件事。有时，甚至会使某一方破产或家庭发生变故。经宋鱼水调解的每一个案件，几乎都是以原告、被告双方的双赢结案。宋鱼水以对当事人如兄弟姐妹般的爱心和富有水平的调解艺术，让一桩桩"双损"官司，变成了"双赢"，从而避免了各种问题的发生。

身为经济审判庭法官，宋鱼水十分明白法官手中的司法权对经济发展的"权重"。她选择以调解的方式结案，既是对企业生存基础的关照，也是对与企业休戚相关的一群人命运的关照，甚至是对一个艰苦时期的关照。

最终，案件顺利调解成功。当宋鱼水一行人告别东北时，被告企业有位职工动情地说："我一直以为，像我们这样的下岗职工，没有人会看得起。可他们却给我们这么多的关照、温暖，也给了我们前行的动力。我们有力气，有技术，我们实在不能再沉沦，再自怨自艾。那样的话，才真让人看不起呢！"

另一位职工说："今年是我们遇到的最寒冷的冬天，但今天，我们感受到了温暖。"

作为法官的宋鱼水，知道法官的天职是为国家和人民排忧解难。她在日记中写道："我们难以避免地经历着国有企业从计划经济向市场经济转型过程中的阵痛期，相信只要大家齐心协力，一定会渡过难关。"

老妈妈的知心人

海淀区人民法院的工作人员,几乎都认识这样一位老妈妈,满头白发、满脸皱纹的她,不时地就会出现在法院的大门口。

有时,老妈妈会走进法院,找到她以为能"管事"的某个工作人员,不管他们是否正在忙着什么工作,她都会坐下来,没完没了地详细述说她的"冤屈",以及诉求得不到回应后的各种郁闷与不满。

法院的工作人员,谁见了这位老妈妈,都躲着。不是他们不想给她解决问题,是她所谓的"问题",确实没有人能解决得了。

老妈妈来法院诉说的热情,并没有因为工作

人员对她的躲避而减少,相反,她跑法院的频率越来越高。

有一天,在法院的走廊里,老妈妈迎面遇到了宋鱼水。她伸手把宋鱼水拦住,说:"这不是宋鱼水吗?我在电视上可看到过你呢!我知道你是个一心为民的好法官,这回我总算找对人了。"

"您有什么事呀?咱们进屋坐下来说。"宋鱼水早就听说有个经常来法院的老妈妈,但她并不认识这个人。眼前的这位老人,宋鱼水误以为是一位普通的来访者。

庭里别的法官认识这位老妈妈,他们见宋鱼水把她领进了办公室,又是让座,又是倒水,都替宋鱼水着急——别人躲都躲不急呢,宋鱼水怎么主动把人带进办公室来了呢?一旦被这位老妈妈认准了,往后她不停地来找,没完没了地来诉说,那正常工作都没办法做了。

一位年轻法官走到门口,冲宋鱼水招招手,说:"宋庭长,开庭时间马上到了,我们准备走吧。"

宋鱼水愣了一下,马上明白过来年轻法官是

"有事叫她过去"的意思。

"您先坐着，我马上过来。"宋鱼水说着，朝门口走去。

"你知道这个人是谁吗？可千万别被她缠上。否则，咱们整个办公室的人都别想好好办公了。"走廊里，年轻法官对走过来的宋鱼水轻声说了老妈妈的事。

"我知道了，谢谢你的提醒。"宋鱼水微笑着，轻轻拍了拍年轻法官的肩头，"可是，她的事不解决，肯定还会不停地来。"

"但是她反映的问题，没人能解决得了。"年轻法官说。

"我跟她聊聊看看。"宋鱼水微笑着对年轻法官说完，转身走回办公室。

宋鱼水坐在老妈妈对面，又微笑着对她说："您有什么事，就跟我说吧。"

"宋法官呀，我可在电视上看到你很多回了。打眼一看，我就知道宋法官是个为民做主的好法官。那时候，我就想来找你了……"老妈妈边喝水，边打开了话匣子。

年轻法官悄悄冲宋鱼水做个鬼脸,宋鱼水冲她微微笑了笑,继续望着老妈妈,听老妈妈诉说。

"要不咱先聊您的事?您是为了啥事来法院的呀?"宋鱼水见老妈妈聊起别的来没完没了,就微笑着及时把话转到了正题上。

"哦,哦,看我,见到宋法官,我心里的话就止不住地往外冒。好,好,咱说正事。"老妈妈喝口水,一下子变得有些激动,"他们,他们不给我立案。我这可是冤案,我冤呀!"

"您别着急,咱们慢慢说。"宋鱼水起身给老妈妈的杯子添了水,重新坐在了她对面。

从老妈妈添加了许多细枝末节的述说中,宋鱼水了解到她是为了四十年前被单位开除的事,来申请立案的,她要起诉原单位。

"您这个事我听明白了。您要起诉原工作单位,这也没什么不可以。但是,法律规定,民事案件都有一个诉讼期限。您说的这件事,早就过了诉讼时效了。您说的那个单位,也早就不存在了呢!"宋鱼水心平气和地对老妈妈解释。

"过了那个期限，你们就不管了？我的冤，就没地方去说了？"老妈妈一下又激动起来。

"您能否告诉我，当时是为了什么事，您所在的单位做出那个决定的？如果可以，我找您所在单位的上级单位问问。"宋鱼水说。

刚才还滔滔不绝的老妈妈突然低下头，不再说话。过了好一会儿，她才轻轻摇了摇头。

送走老妈妈，同事对宋鱼水说："看到了吧，庭长？她就是没事到法院来找点事。"

"她心里有事，心结不打开，所以放不下。"宋鱼水说。

果然如宋鱼水同事所说，老妈妈"粘"上了宋鱼水，她隔三岔五地就会来找宋鱼水聊，聊她被单位开除几十年来所遭受的痛苦和磨难，聊她的诉求。只要不是参加开庭，每次宋鱼水都会耐心地听她把话讲完，虽然那些话，不知被老妈妈重复了多少遍。

有一天，宋鱼水正要去开庭，老妈妈又来找她。宋鱼水把她安排在办公室，等自己开完庭，再回来沟通。

当天的案子本来并不复杂，但因一方当事人不停反复，致使休庭的时候，早过了平时下班的时间。宋鱼水回办公室放卷宗，看到桌上的纸杯，才突然想起，下午老妈妈来过，她让老妈妈在办公室等她。

宋鱼水找遍了整个楼层，也没见到老妈妈。她跑到大门口，仔细询问了值班保安，证实老妈妈已经走了。

可她还是不放心，怕老妈妈如果没离开办公楼，会被锁在里边。下班后的楼里空荡荡的，宋鱼水把每层楼都找了个遍，也没找到老妈妈的身影。

宋鱼水回到办公室，在登记材料里找到了老妈妈家里的电话。宋鱼水拨过去，没人接听。她隔几分钟就重拨一次，不知拨打了多少遍，终于打通了那个电话。

"您到家了！这我就放心了，我怕您被锁在楼里出不来呢。对不起，下午庭审结束得晚。"宋鱼水说。

"宋法官，这么晚了，你还没回家呀？都怪

我！"老妈妈自责地说。

第二天，老妈妈又到法院来找宋鱼水了，但这次，不是絮叨她的那些陈年旧事，也不是要求法院给她立案。她是来跟宋鱼水告别的。

"宋法官，谢谢你一直包容我，一直那么耐心地听我诉说。我知道这个事是无法立案的，我也知道你很忙，你们都很忙。往后，我不再来了。"老妈妈把宋鱼水拉到门外的走廊里，悄声对她说，"其实，那个事也怨我自己，怪我看错了人。这些天，你对我说的话，我仔细想了一遍又一遍，我想明白了。好了，我走了。"

宋鱼水把老妈妈送到门口，对她说："您有什么事，就给我打电话。"

老妈妈抬手抹去眼角的泪水，一抹微笑挂上她的脸颊，像头顶上正午的阳光一样，在她的眉梢闪烁。

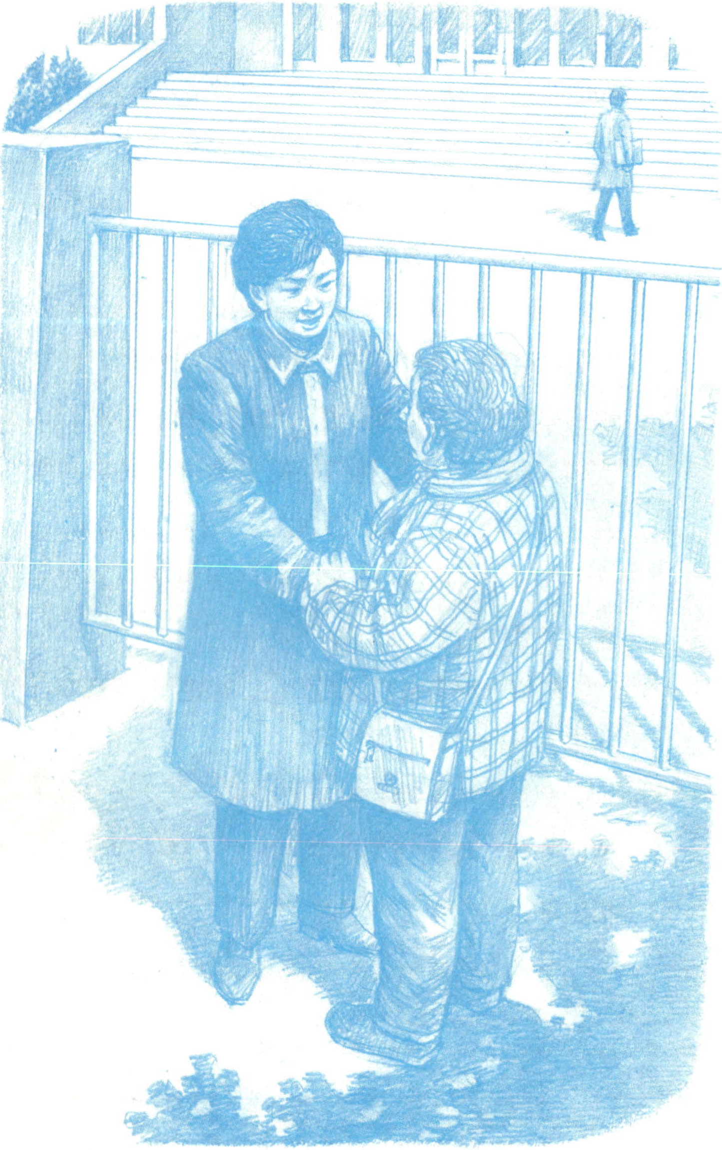

温柔地回绝

宋鱼水认为：人情和利益往往是连在一起的，只要不贪心，就没有推不掉的人情。

宋鱼水是这样说的，也一直是这样做的。

刚入职的年轻法官，常常陷入人情关系的矛盾中，不知如何去处理。每当遇到这样的情况，他们就去找宋鱼水讨对策。

一个案件的当事人，给一位年轻法官送了一套化妆品。刚刚入职半年的法官犯了难，她不知该如何处理。

"庭长，你说我可怎么办呢？为了这套化妆品，费了我不少的脑细胞，可还是没想出个两全的好办法。"年轻法官向宋鱼水倾诉自己的困惑和无奈。

"你是怎么想的呢，能跟我说说吗？"宋鱼水就像大姐姐面对遇到困难的小妹妹那样，微笑着问年轻法官。

"退是肯定的，就是想不好怎么个退法更合适。我就怕退回去了，当事人心里不踏实，怕不收他东西，会对他判决不公。其实，我们怎么可能会那样呢？"年轻法官有些委屈地说。

"把东西退回，又让他感受到审判的公正，以后，他就会对法律、对法官有一个正确的认识，这需要一个过程。这个过程，离不开我们法官的廉洁与公正。"宋鱼水认真地说。

"庭长，廉洁与公正，我保证做到。我就是怕当事人心里有顾虑。"年轻法官说。

"怕当事人有顾虑，就要学会温柔地拒绝。拒绝也是一种文化。假如事前你不马上拒绝，法律又不站在当事人这一方，事后你就难以说清了。在是非面前，学会拒绝是法官的基本技能。态度要温柔又坚决，才能既把东西退回去，又避免伤害到当事人的自尊。只要温柔地拒绝，处理得当,当事人是会理解的。你还年轻,这方面的事经历得少。等两三年后,你就能自如地处理类似的问题了。再遇到这样的事,你也就不用这么发愁了。"宋鱼水微笑的眸子里,满是鼓励。

"好吧,庭长,我试试。就按您说的,温柔又坚决地拒绝。"年轻法官对宋鱼水说。

"在案件着力点上下功夫,让当事人看得见公正,要把脆弱的感情关系变成信赖的公正关系。"宋鱼水耐心地对年轻法官说。

"庭长,您说得太对了!"年轻法官激动地说。

"关键是你得先说服自己,才能说服当事人。梳理一下逻辑,让说服成为你的第二技能。你回去想想,聚焦什么样的理由更能够瓦解当事人的纠结。你有兴趣试试吗?"宋鱼水依然微笑着,对年轻法官说。

"好,我就按庭长说的去试试。我估计,能行。"年轻法官离开宋鱼水办公室的时候,紧皱着的眉头松开了。

看着年轻法官离开的背影,宋鱼水些微沉重的心情又坚定起来。他们还这么年轻,需要承受这些来自专业之外的压力，接受这样那样的挑战。但愿他们都能顺利过了这一关，迅速成长为一名公正司法的践行者。

其实，当事人想在庭审前或庭审后请法官吃饭，是一件比较常见的事。

作为案件的法官，很显然，这个饭绝对不能吃。在这点上，宋鱼水对自己的要求非常严格。

宋鱼水知道，公平公正地审理案件，是一名法官应该具备的最起码的职业道德。判决前，法官如果和当事人中的一方吃饭，不仅会影响审判的公正性，还有可能使另一方产生误会，从而对判决不服；判决后，案件了结，法官就不应该再与当事人中的任何一方有任何进一步的发展了。

宋鱼水不仅自己这样做，她也经常和年轻的法官们这样说。

一位年轻法官找到宋鱼水，来向她讨主意。

"判决前，当事人约了我两次，我都拒绝了。现在案子判了，当事人说要感谢我的公正判决，又约我一起吃个饭。当事人怕再被拒绝，不知怎么就找到了我一个高中同学，他让同学约我。庭长，您说我该怎么办？"

"你想不想去？"宋鱼水微笑着问年轻法官。

"说实话，我想见那个高中同学，但又不想和当事人一起吃饭。您一直说'案件了结，再和当事人有进一步的联系，就不正常了'。我可不想'不正常'。"年轻法官说。

宋鱼水笑了："既然你不想'不正常'，那还有啥顾虑呀？"

"关键问题是，同学和我联系的时候，没说认识当事人。现在我无意中知道了真相，这个饭，我就不能去吃了。我该怎么办，才能既不去吃这个饭，又不让我同学感到失望呢？"年轻法官问宋鱼水。

"我的建议是，给你同学打个电话，表明自己的想法，说去不了。过几天，可以单独联系那个同学。法律人还是期待志同道合，让他支持你的决定，学会帮助你拒绝。这条路再难，毕竟是正确的道路。他想让你帮忙，当然也不会希望你掉进泥潭里。"宋鱼水不急不缓地说。

"当事人如果再让我同学打电话约我呢？"年

轻法官接着问宋鱼水。

"我建议你和同学说明,这种饭局,你不会去,让他不要再约了。如果你同学因为不好推辞,又替当事人打电话约你,那你还是要说去不了。你这么拒绝几次之后,当事人就知道你是不想去。当然,我更希望你征服同学的内心,正义离不开群众的支持。"宋鱼水和年轻法官很轻松地聊着。

"哎呀,庭长,您又给我下任务了,要温柔,还要征服,不过蛮有意思的。我考验一下自己,回去琢磨啦!"

看着年轻法官离开时满脸轻松的样子,宋鱼水松了口气。她知道,年轻法官会把这件事处理好,随着经验和阅历的积累,这样的事对他们来说,就不再是什么难事了。

宋鱼水曾无数次和年轻法官们说:"任何事都有惯性,不论好事还是坏事。和当事人一起吃顿饭,在别人看起来不是啥大事,但对法官而言,则是砸饭碗的事。而且,一旦开了头,就有可能收不住了,有了第一次,肯定就会有第二次、第三次。慢慢地，就会由小到大，发展到'刹不住车'的程度。所以，我们一定要把握住，不开这个头，不让这个'第一次'发生。"

温柔又坚决地回绝，宋鱼水做到了。在她的引导和带动下，她所在法庭的同事们，也都做到了。

知心姐姐

与宋鱼水共过事的人都知道,她是个原则性非常强的人。在法庭上,她不怒自威,显现着法官的尊严和法律的神圣不可侵犯。

生活中的宋鱼水,是个好脾气的人,同事从没看到她和谁发过火。无论是向上级汇报工作还是与下级交流业务与生活,宋鱼水总是面带微笑,说话不急不缓。庭里的年轻法官们,无论是在工作中,还是在生活上,遇到问题或困难,都喜欢和宋鱼水聊聊。在心里,他们把宋鱼水当成了自己的知心姐姐。每一次,宋鱼水都会竭尽全力,给予他们帮助。

在接受采访时,宋鱼水的同事刘洋和李岩说

起过这样一件事。

刘洋和李岩是同一年考入海淀区人民法院的,同时被分到宋鱼水任副庭长的经济庭工作。当时,庭里有些遗留的卷宗需要整理,这项工作就落在了刘洋等几个刚参加工作的年轻人身上。

"这些卷宗,因为遗留时间比较久了,整理起来难度很大。我们几个年轻人,经常需要加班加点地干。因为刚刚参加工作的缘故吧,几个同事都觉得,这真是件很麻烦的事。宋庭长有时间就过来看看我们,和我们聊一会儿。她告诉我们,在法院,无论做什么工作都要认真、细心,出现一丁点儿的纰漏,都有可能影响到某个当事人的一生。宋庭长的那些话,我们都记在了心里,在以后的工作中,给了我们很多的帮助。"聊起宋鱼水,刘洋似乎有说不完的话。

有时加班太晚,餐厅没饭了,他们几个年轻人就出去买点面包、牛奶,凑合着吃点。

宋鱼水知道了,就对他们说:"吃饭可不能对付,别把胃饿出毛病来。"

再遇到因为加班餐厅没饭的时候,宋鱼水就

带他们在单位附近找个年轻人喜欢的小店,一起吃顿饭。

宋鱼水忙的时候,就像大姐姐一样对他们微笑着挥挥手,说:"你们去吧,回来找我报销。"

当时和刘洋一起整理卷宗的李岩法官,对那段经历一直记忆深刻。

李岩法官说:"那时候,我们啥都不懂。对加班,有时也有些小小的抱怨。可每当出去吃饭的时候,大家聚在一起,边吃边海阔天空地聊一阵,心中那些小小的不愉快,就都像风一样跑远了。"

庭里的年轻法官们,都知道他们的宋庭长脾气好,他们有时会半开玩笑地问宋鱼水:"庭长,什么时候请我们出去吃一顿啊?"

每当这时,宋鱼水就会对他们笑笑,说:"哪天加班晚了,就去呗。"

刘洋后来回忆:"那时我们刚入职,也不清楚庭里的情况,就误以为是庭里给我们的误餐补贴。每次,我们都吃得兴高采烈,吃得心安理得。"刘洋不好意思地笑了笑,接着说,"很久之后，我们才知道，庭里哪有这个补贴款呀，不是宋庭长个人掏腰包，就是庭里热心公益的人共同赞助的。我们庭很活跃，大家为了工作，想尽一切办法厚待年轻人。"

"知道真相后，我们都觉得很不好意思，曾商量着把钱还给宋庭长和庭里其他人。宋庭长对我们说：'你们刚工作，工资也不高。等你们工资奖金涨到像我这么多的时候，记得请我吃饭就行了。'后来，我们也成为爱护这个庭的人。"李岩说。

聊起刚工作时的那段经历，刘洋感慨颇多："那是步入社会的第一站。在这个关键节点上，遇到什么样的人，接受了怎样的思想，对我们年轻人以后的工作、生活会产生很大的影响。我很幸运，遇到了知心姐姐一样的宋鱼水庭长。我们当时那一拨儿年轻人，都特别喜欢跟宋庭长一起聊天，大家现在都走得很正，很顺。"

宋鱼水的另一位同事马秀荣，多次和宋鱼水一起去外地出差。

"跟宋庭长一起出差，特省心，特轻松。该做的事，她都提前做好了。该记着的，她也都提前记住了。她不只操心自己的事，连别人的事她也一并操着心呢！带什么材料，几点出门，在哪儿买票、坐车，下车后住哪儿……出差前，这一切她都计划好了。"马秀荣说。

每次与宋鱼水一起出差，都会发生些让马秀荣感动的事。她把这些感动说与宋鱼水，可宋鱼水觉得，这些都是自己应该做的、很自然的事呀，有什么可感谢的呢？不要说是朝夕相处的同事，就是跟陌生人在一起，也是随手就做到的呀！宋鱼水觉得这些都是很平常的分内事。

一次去云南出差的经历，更是让马秀荣记忆深刻。

她们刚住进宾馆，马秀荣就病了，发烧，浑身无力，不想吃东西，还呕吐。马秀荣反复折腾了一夜，宋鱼水就照顾了她一夜。天将亮时，宋鱼水打电话联系宾馆前台，询问距此最近的医院。

在医院急诊室，大夫给马秀荣做完检查后，表示并无大碍。她只是因为奔波劳累，加上有点水土不服，才又烧又吐。

带上大夫开的药，宋鱼水和马秀荣回到宾馆，此时东方已经露出了晨曦。

宋鱼水扶马秀荣躺在床上，端来冷热适中的白开水，看着马秀荣把药吃了。宋鱼水来不及上床合一下眼，就开始洗漱整理。因为她早就和当事人约好了，当天上午九点见面，她不能爽约。

要说不困不累那是假话，为了让自己提起精神，宋鱼水打开冷水龙头，咬牙给自己冲了个凉水澡。

宋鱼水就是这样，对待工作严肃认真，一丝不苟；对待同事、朋友，如春天般的温暖。在宋鱼水所在的法庭，不仅年轻的法官们称宋鱼水为知心姐姐，连比宋鱼水年长的法官们，也都说宋鱼水是一位可亲的知心人。

寻根溯源解难题

这个案子,发生在二〇〇九年。当时,宋鱼水任海淀区人民法院副院长,主管立案庭工作。

原告胡老板是一位建筑工地的包工负责人,最开始,胡老板把拖欠他及其手下农民工工资的施工方告上了法庭。因所提供的证据不足,海淀区人民法院在开庭审理时,只支持了很少一部分的赔偿请求。胡老板对审理结果不满意,多次到海淀区人民法院提起诉讼。

后来,包工头胡老板又带领手下农民工继续进行诉讼,但他依然无法提供足够的证据。

法院对案件的审理,是"以事实为依据,以法律为准绳"的,原告方提供的证据不足,法院就无法做出对他们有利的判决。

败诉后，胡老板依然不停地寻求赔偿，法院多个部门的工作人员都接待过他。他们耐心地对胡老板讲道理，细致地做他的思想工作，但胡老板一直觉得自己有理，觉得自己冤枉，仍然坚持自己最初的赔偿要求。

后来，宋鱼水对胡老板近几年的情况进行了综合分析，她觉得，胡老板虽然在该案件中举证不多，但肯定还有其他隐情。否则的话，他不会这样不顾各方的说服和劝阻，一而再，再而三地到各个部门寻求支持。

距第一次立案，已过去几年时间，调查取证的难度增加了很多。但为了查明事实真相，宋鱼水下决心，一定要把这个案件彻底查清楚。

最终，由海淀区人民法院信访部门会同立案庭组成的调查小组，奔赴胡老板的家乡，进行访问、调查、取证等工作。

当年曾跟随胡老板一起在工地干活儿的农民工有四十多位，他们分散在多个村庄。如今，他们有的在家乡附近或城里务工，有的则去了外地，寻找他们的难度较大。但调查小组的工作人员克服种种困难，对近四十位农民工逐一进行了访问。

最后，他们对访问记录进行综合、分析后，向分管工作的宋鱼水进行了汇报。就这个案件，宋鱼水与调查小组的工作人员进行了反复研讨、论证，最终认定，在这起案件中，包工头胡老板确实是冤枉的，他寻求的赔偿是合理的。

案件性质一旦确定，海淀区人民法院信访部门、立案庭的工作人员一刻也没有耽搁，他们冒雨前往胡老板岳父居住的村庄。

得知海淀区人民法院的法官们要来，胡老板早早就在村委会等候着。法院信访部门和立案庭的工作人员刚在村委会坐下，等候多时的胡老板就扑通一声跪在了他们的面前。

胡老板老泪纵横，他边擦泪边说："谢谢法官！这么多年，很多人都以为我是骗子，他们以为大伙儿的工钱是被我私吞了，是装进了我个人的腰包。这些年，我在村子里一直抬不起头来。我以为，我这辈子永远也抬不起头来了，是你们还了我清白！"

法官们忙把胡老板拉起来，让他坐下。

胡老板接着说："大伙儿的工钱要不回来，我就认了。但一辈子被当成坏人，我不能认。"

胡老板说着，忍不住号啕大哭起来。

看着年过半百的胡老板哭得像个孩子，法院的工作人员心中也是无限感慨。

这么多年，胡老板一直不停地寻求赔偿，其实，他最想要的是自己的清白呀！

胡老板抹一把泪，说："这些年，我不停地去法院，给咱们法官添了不少麻烦。咱们法院没有不管我，是你们让我重获清白。我的家人，从今往后，也能在村里抬起头来了。"

胡老板情绪渐渐平复下来，他说："大伙儿是我带出去的，出了这样的事，我也有责任。每个人家里都有这样那样的事，他们也都不容易，我尽量想办法，尽早把工钱还给大伙儿。"

海淀区人民法院办理此案件的工作人员则继续做被告的工作。被告仍然不承认欠胡老板和其他工人的钱，但在法院工作人员的一再调解下，他们还是与胡老板进行了一定的协商。

以往，胡老板隔三岔五就往法院跑，在法院是无人不知、无人不晓的人。事后，他又专程跑了一趟法院，对法院所做的工作表达了谢意。

"宋院长，太感谢你们办案组了！没想到，像我这样一个普通农民的普通案子，你们费了这么多功夫去调查、调解。以往，我不管不顾地来找你们，真的太对不起了。往后，我保证不再来了。"胡老板不好意思地对宋鱼水说。

"法院的大门，是为当事人开着的。当事人有纠纷，有权到法院诉讼。不过，通过法律途径解决纠纷，需要用证据来说话。"宋鱼水微笑着对胡老板说。

胡老板不好意思地笑了，他用力点了点头。

从那以后，法院里再也没出现过胡老板的身影。赢回清白的他，放下心里的包袱后，把精力都用在了努力工作上。

法理与情理

这是一起法律关系并不复杂,但原告持续来法院上诉的案件。当时,宋鱼水是主管该案件的副院长。

原告安某为外地来京人员。二〇〇〇年,海淀区某村委会将二十亩土地及一块三角地承包给本村村民。二〇〇四年,这个村民将其中的三角地转租给安某,租期十年。安某在该土地上轮种玉米和白菜,定期运送到附近的早市出售。二〇〇九年三月,村委会与该村民解除土地承包合同。同年八月,村里将改造道路所需的砂石料堆放在三角地内,相关部门还在三角地上架起了一座信号塔。二〇〇九年十月,安某以侵犯其土地使用权为由，将村委会告上法院，主张村委会解除与该村民的合同违法无效，要求村委会清理该土地上的砂石料，拆除信号塔，并赔偿其经济损失两万元。

村委会辩称，其与本村村民的土地承包合同约定，承租方没有向第三方转租的权利，如果承租方转租、转让土地使用权，出租方有权解除合同并收回土地。该村民在村委会不知情的情况下，擅自将三角地转租给安某，故村委会与该村民解除了土地承包合同。堆放砂石料、建信号塔也是在解除合同以后，因而不同意安某的诉讼请求。

法院经一审审理，判决村委会赔偿安某一万两千元，驳回安某其他诉讼请求。

安某不服，上诉至上级法院。

这期间，安某不断增加赔偿数额，从最初的两万元，一次次增加到了二三十万元，并以派出法庭离被告的村庄太近为由，要求全庭回避。

在回避申请被驳回后，安某天天到法院来，非要见到宋鱼水不可。

安某夫妇虽来京多年，但不会讲普通话，其

方言口音很重。而且与办案人员交流时，情绪容易激动。办案人员很难与其理性交流，甚至连指导其诉讼都困难，这就给法院的审理带来了诸多不便。

宋鱼水苦口婆心地与安某多次交流，但成效甚微。宋鱼水深感程序问题如果不能取得当事人的信赖，案件难以推进。她当机立断，指派了本院性格相对温和的汪懿法官来处理该案件。

宋鱼水考虑到安某诉讼能力较弱，就为其推荐了某知名公益诉讼模范律师，为安某免费代理。但面对安某的各种无理诉讼要求，律师也无奈地放弃了代理。

宋鱼水始终没有放弃，她经过各种努力，取得了镇政府支持后，和承办法官主持了由村、镇代表和安某夫妻参加的调解。但镇政府法律工作人员表达法律意见的话音未落，安某就拍着桌子跳了起来。调解以失败告终。

面对一次次调解的失败，宋鱼水陷入了沉思，她觉得，必须要找到新的切入点，才能解决问题。经过多次接触、交谈后，宋鱼水和安某已经能够比较顺畅地交流，安某也渐渐开始信任宋鱼水与承办法官。

安某又到法院来了，这次，他不仅带了老婆，还带来了刚初中毕业的儿子。

宋鱼水依然和风细雨地和安某交流，并得知孩子是安某夫妻的独子，生长在北京。

安某的儿子对宋鱼水说："法官阿姨，我父母的事解决不了，我就上不了学。"

宋鱼水问他："爱上学吗？"

他说："想上学！"

孩子的问题让宋鱼水有了更重的负担，也更增强了与安某探讨解决问题的动力。自此，宋鱼水也认识到了亲情对于安某的羁绊，她觉得安某应该是个有血有肉有感情底线的人。

这次接待，宋鱼水劝安某的话，安某听进去了一些。但一说到村委会，他的情绪又激动起来。

宋鱼水对安某说："老安，如果恨能解决问题，我跟您一块儿骂得了！"

安某闻听此言，愣了一下，一时没有说出

话来。

宋鱼水趁机又说:"回去好好想想吧,您是来解决问题的,不是来打架的!"

安某若有所思地离开了法院。

宋鱼水和办案法官们经过深入细致的了解后得知,村里像安某这种承包模式,确实还有不少。宋鱼水和办案法官们一起来到村里,耐心细致地做村领导的工作,建议他们继续履行合同。最终,村领导同意了宋鱼水他们的建议。

宋鱼水和办案法官们趁热打铁,组织镇长、村主任、安某夫妻一起来到法庭,进行悉心调解。

案件在友好、温暖的氛围中调解成功,终于以双方都满意的结果结案。

过了几天,安某突然又来到法院找宋鱼水,希望法院能为他解决孩子上学的问题。大家都觉得他有点过分,建议宋鱼水不再接待。但宋鱼水认为,安某的种种诉求其实都是为了孩子,孩子爱上学而没有学上,他才一直抓住宋鱼水这根稻草不放。

宋鱼水和同事在给当地中学打电话未果的情况下,又联系了安某户籍所在地的妇联。

妇联的同志回复说:"这是我们本地的事,你们都操心了,我们还能不上心?谢谢你们!"

在安某个人的努力和大家的共同关心下,孩子的入学问题最终得到解决。

一天,安某带着孩子的录取通知书专程来到法院,他的脸上挂着欣慰、感激的笑容。他激动地对宋鱼水说:"通过这件事,我感觉到自己并没有被社会遗弃,是你们让我感受到人间有法也有爱。"

尊严、原则与温度

宋鱼水为人质朴，性格随和。无论是对同事还是对当事人，她的好脾气是出了名的。

但办起案来，宋鱼水的原则性很强，从不讲人情，讲面子。对蛮不讲理的当事人，宋鱼水总是坚持原则，丝毫不退让。

这是在宋鱼水工作不久时发生的一件事。当时，宋鱼水和一名助手远赴外地，去给一名被告送传票。被告是一个派头十足、文化程度又较低的企业老板，认为有钱就可以飞扬跋扈。

被告一听说宋鱼水是法院的，意识到自己被起诉了，就把心中的不痛快，不管三七二十一地朝着宋鱼水和她的助手发泄出来。

"把鞋子脱掉再进门，没看到屋里新铺的地毯吗？"被告板着脸，对宋鱼水和助手说。

宋鱼水拿出传票，被告更不高兴了，他猛地拍了下桌子，大怒道："敢让老子当被告，没门儿！"紧接着，他指着宋鱼水和助手大声说，"今天，你们不把事情说清楚，就别想走出我这个门！"

被告说着，伸手抓起桌上的电话，摁了一个号码。没等他手里的电话放回桌上，门口已进来两个穿着黑衣的彪形大汉。

面对如此无知又狂妄的被告，宋鱼水反倒镇定下来，她示意助手出去报警。

助手刚转身，站在门口的那两个大汉抢先一步，堵住了他的去路。

面对嚣张的被告，宋鱼水没有半点惧怕。她站在被告面前，目光直视着被告，一字一顿地说道："你现在面对的，是处理民事案件的法官，请你配合我们的工作。如果你再这样嚣张，妨碍公务，站在你面前的，就会是审理刑事案件的法官！"

尊严、原则与温度

宋鱼水的镇定自如和威严大气,一下把被告镇住了。

被告朝门口挥挥手,两个彪形大汉悄悄地退了出去。

宋鱼水见被告软下来,她开始继续此行的任务——和助手一起向被告交代民事诉讼的基本程序及相关事项等。

最终,被告乖乖地在送达回执上签下了自己的名字。

身为法官,在面对当事人时,宋鱼水总能换位思考。她说:"法官中立审判,保持距离,但不是保持冷漠。"

在另一起案件中,宋鱼水则展示了她作为法官有原则、有温度的一面。

"荷香远"字号始于一九一六年,在二十世纪六十年代,考虑跨区发展的需要,老字号又开设了一家分店。因此,在不同地域便有了两家"荷香远"在同时经营。一九八五年,其中一家"荷香远"注册了"+++"为商标。一九八八年,另一家"荷香远"将"荷香远"注册为商标。

在双方各自经营的数十年中，尽管两家企业的注册商标不同，但两家荷香远在企业名称中都使用了"荷香远"三个字，生产的食品对消费者来说也属于同类同质。经过各自努力，两家企业均曾同时被授予"优秀食品老字号""中华老字号""质量信得过产品"等称号。

不同之处在于，甲企业的企业名称与商标是统一的，均含有"荷香远"三个字。乙企业名称中也包含"荷香远"三个字，但商标则是"+++"。在实际经营中，乙企业经常在其包装的显著位置或使用或包含"荷香远"三个字，但字体与另一家"荷香远"商标的"荷香远"字体不同，排列方式也不一样。其中有的外包装上注明了厂名、厂址，也有些外包装上只突出了"荷香远"三个字，没有厂家名称、厂址和商标。但由于双方各自在市场上占据一定的份额，历史上又属同源关系，一直未发生争议，双方相安无事。

二〇〇三年九月初，中秋节前，乙企业销售的月饼因印刷生产日期的油墨出现问题，被误认为存在质量问题，媒体报道了"被误会的质量问题",结果导致两家企业的销售额均受损。看到报道后,一些消费者误以为是两家"荷香远"的月饼全都存在质量问题,纷纷要求退货。

以"月饼事件"为导火索,甲企业认为,这种情况已经给自己造成了不良影响和损失,今后还会给自己带来更大的损失,为解决纠纷,他们将乙企业诉至法院。

法庭上,甲乙两企业针锋相对,互不相让。

乙企业方认为:我公司产品统叫'荷香远'情有可原,月饼包装印刷质量事件的解决,不应该影响原有的经营方式。

甲企业则认为:既然造成了混淆,被告方自此应避免使用"荷香远"。

乙企业反驳道:"双方都在先使用,都有合法性,商誉是两家长期以来共同打造的结果。"

甲企业说:"这么多年,你一直不注册,这怪不得我。"

作为审判长,宋鱼水觉得,甲乙两家企业均应突出使用各自已经注册的不同商标。但两家企业字号相同,历史同源,双方之间应秉承尊重历史、避免混淆的原则寻求共存。

选用注册原则，还是选用使用原则，成了摆在宋鱼水面前的两难选择。她知道，注册原则的弊病是容易产生商标抢注。然而，企业众多，未注册商标之间的纠纷以及未注册商标同注册商标之间的纠纷必然加大企业之间的内耗，增加经营管理难度，甚至产生更为不公平的结果。世界上越来越多的国家采用注册原则，我国既保护注册商标专用权，亦保护未注册商标在先使用权。

面对本案的争议焦点，合议庭下决心采取对外尽量避免混淆，对内解决补偿损失又能沿袭共同发展的思路，即双方各自使用已注册的商标，同时，可以继续冠名传统老字号。对损害赔偿，采用了不公开的方式。

美国学者拉里·莱特认为："拥有市场比拥有工厂更重要，而拥有市场的唯一途径是拥有占统治地位的品牌。""认牌购货""建标辨物"，品牌文化是走向经济强国的重要标志。显然，这两家企业共同打造的"荷香远"食品商誉品牌仍需要联手共同发展，只是要让消费者购买时，充分知晓此"荷香远"与彼"荷香远"之间的区别，避免此类事件的再次发生。

历经五个多月，调解近十次，这个案件终于以调解的方式结案。乙企业除保留传统老字号外，不再突出使用"荷香远"商标。

这是一个共赢的结果，也是一个双方都满意的结果，更是一个司法审判既坚守公平正义，又能促进社会经济发展进步的皆大欢喜的结果。

开创性的判决

该案件源自某市一家晚报的报道,报道内容如下:

本报讯:本市一家商贸公司,在经销各种品牌啤酒时,把大量本已过期啤酒的生产日期涂改后,进行倾销。这种违背诚信、违反法律的欺诈行为,严重侵犯了消费者的合法权益。同时,也给同行造成了一定的经济损失。接举报后,相关部门已将剩余过期啤酒全部封存。对该商贸公司的处理结果,我们将及时报道。

此消息一见报,在消费者中引起极大轰动,

这家公司经销的各类啤酒销量一落千丈，其中有一品牌啤酒损失最为惨重，不仅在此省销量大幅下降，在全国市场的销售也受到很大影响。

该品牌的总经销商是北京的一家公司，他们不久前刚刚与这家商贸公司签订了购销合同。受到牵连的总经销商，决定收回该商贸公司对此品牌啤酒的经营销售权。他们以这家商贸公司进行了违法经营行为，双方的合作将无法达到预期目标为由，书面通知该商贸公司，终止经销业务。

商贸公司收到通知后，坚决不同意该品牌总经销商收回经销权。他们认为，北京这家总公司中途解除合约是一种违约行为。双方各执一词，互不相让。最后，该商贸公司一纸诉状把北京的总经销商告上了法庭，要求判令总经销商继续履行合同，并支付违约金两万八千元。

北京的这家总经销商收到起诉书后，马上进行了反诉，他们要求判令解除双方经销合同。

这起案件的案情并不复杂，但该案件发生在二十世纪九十年代初，当时法律对经销权尚无明确规定，也没有相应的案例可以借鉴。

当时，负责该案件审理的宋鱼水召集经济审判庭的法官们，对案件进行了反复研讨，结果形成两种不同意见。

一种意见认为，该商贸公司并未违反双方合同约定，北京的这家总经销商不应收回其经销权。

另一种意见认为，北京这家总经销商因为该商贸公司违法而遭受损失，终止合同也有道理。

面对这两种不同意见，宋鱼水陷入了沉思。

如果按照第一种意见判决，对于无辜遭受损失的总经销商，公平体现在哪里？对于损害经营伙伴、欺骗消费者的行为，法律的导航作用又体现在哪里？在当时的经济案件审理中，已经有不少商业欺诈案件，信誉危机已经开始威胁到正常的经济秩序。

如果按第二种意见判决，解除双方的经销合同，实际上是在反对欺诈，提倡诚信。但客观上，解除合同会对该商贸公司造成一定的损失，势必会影响到该商贸公司以后的经营。

国内此类案件可借鉴的资料基本找不到，宋

鱼水就到图书馆和网上查找国外相关资料，并专程去了有关部门，向法规处的工作人员及相关专家请教。宋鱼水做足了开庭前的准备工作。

对各种资料信息及各方意见建议进行综合梳理后，宋鱼水心中的判决方向变得清晰明了。

庭审如期进行，原告、被告双方在法庭上各执一词，辩论激烈。

商贸公司方代理人问总经销商："我公司从未拖欠过你处货款，这是不是事实？"

总经销商代理人说："没有拖欠货款，这是事实。但是，你公司的欺诈行为，违反了法律，也给我们的声誉造成了一定的负面影响。"

商贸公司方代理人说："是否终止合同，应该看我公司是否违反了合同中的某个条款。但是，我公司从未违反双方合同的任何约定。所以，总经销商无权解除我们的经销权。"

该案件如何能得到公正审理，案结事了，成为法院和企业界共同关心的问题。作为该案件的审判长，宋鱼水感受到了压力，但她又是一个善于把压力变成动力的人。从小，宋鱼水就不怕困难，而且越是难题，她越要想办法把这道题以最快捷、最正确的方法解出来。

最终，宋鱼水用法律原则作为裁判依据，支持了总经销商。在这份长达六千多字的判决书中，审判长宋鱼水主要阐述了以下观点：由于原告丧失商业信誉，被告授予原告经销权的预期利益将无法实现，双方订立合同的目的将无法实现，因此，被告解除经销权的行为并无不当；解除合约，给原告公司造成了一定的损失，判处被告给予原告一定的经济补偿。

具有开拓性和超前性审判理念的宋鱼水，在面对每一个案子时，都能以国家、社会的根本利益为出发点，而非简单地就事论事，单纯地套用法条。这件棘手的案子，经宋鱼水的判决，不仅使原告、被告双方胜败皆服，同时该判决结果也得到了上级法院的认可，并被作为范例引用。

在谈到对案件的审判时，宋鱼水说："我虽然是一名普通法官，但我的一纸判决，可能导致一个企业元气大伤甚至破产。一个尽职的法官，不仅要通过判决引导市场主体走一条规范之路，更要使他们在诉争中共赢共存,从而实现社会利益最大化。对一个法官来说,胜诉者或者说权利一方是肯定要支持的,但一定要有更深层次的思考,那就是怎么让一个违法者变成守法者,怎么让一个坏人变成好人。在案件的审理过程中,我会尝试能不能改变他,这种改变可以通过调解,也可以通过判决。我感觉所谓'服',有时候当事人是'服'你的判决结果,但更多的是'服'你的工作过程。"

宋鱼水是这样说的,也一直是这样做的。

私情与公权

宋鱼水刚担任海淀区人民法院经济审判第一庭副庭长那年的某天,她接到老乡的电话,说有事要来北京,想跟宋鱼水见个面。

老家有乡亲来,宋鱼水自然特别高兴,她在心里计划着带老乡去哪家特色店吃饭,周末带老乡去哪里逛逛。

宋鱼水老家的村子虽地处偏远,但民风淳朴,乡情浓郁,亲戚邻里之间关系特别亲密。哪家有个什么事,大到婚丧嫁娶、盖屋砌墙,小到孩子过满月、过生日或有个小病小灾,村里有一个人知道了,眨眼间全村人也就都知道了。不多一会儿,事主家里就会挤满主动去探望、帮忙的乡亲。

宋鱼水记得，那时一家有点什么好吃的东西，不知有多少家的孩子都能尝到。那家大人眉开眼笑地看着这些和自己孩子差不多大的乡邻家的孩子，一起分一根煮玉米、一把嫩花生或是几块地瓜干。

在那个物资匮乏的年代，几颗枣子或几个野果，就是能让孩子们谈论上好几天的美食。每家大人几乎都把邻居家的孩子当作自家的孩子，没有哪个大人关起门来把好吃的东西吃掉而不给邻居家的孩子吃，那样的人，是会遭全村人唾弃的。

白天，村里所有人家的大门都是敞开着的，孩子们想去哪家玩了，随时就能去。无论去到哪家，孩子们都像到了自己家一样。主人拿出吃食，让孩子们分着吃。他们把不多的美食认真平分，然后边吃边一起疯玩。大人们开心，孩子们快乐。没有哪家大人觉得不应该把好东西给别家的孩子，也没有哪个孩子觉得不应该吃别人家的东西。

在乡情如此浓烈的环境中成长起来的宋鱼水，得知老乡要来北京，她怎么可能不激动，不期待呢？

没想到的是，见面后，老乡一开口，却让宋鱼水犯了难。原来，老乡是为一件案子来找宋鱼水的。那件案子，就在宋鱼水所在的海淀区人民法院经济庭审理。

从老乡的述说中，宋鱼水知道了事情的原委。原来，他所在的公司委托北京一家广告公司在电视台播发广告。广告播出后，他们发现播发的时段及时长均与当初的约定有很大出入。宋鱼水老乡的公司以北京这家广告公司违约为由，拒绝支付全款。北京这家广告公司就把宋鱼水老乡的公司起诉到了海淀区人民法院。

"鱼水啊，"老乡说，"你好歹帮帮忙，我回去对企业也有个交代。"

宋鱼水知道，老乡找她，是带着希望而来。老乡难得求她一次，如果是别的什么事，宋鱼水一定毫不犹豫地去办，即使再难，她也一定想办法把事情办好；如果她是律师，也一定会尽力帮

私情与公权

老乡诉讼。可是,她是一名法官……此时,宋鱼水的心里非常矛盾和难过。

在法庭上面对形形色色的当事人,总能一针见血地指出漏洞的宋鱼水,在调解时,面对各种难题和不同的当事人,都能有理有据地让双方口服心服的宋鱼水,此时此刻,当面对来自老家的乡亲时,她一时竟不知该说什么好了。

自从任法官以来,宋鱼水一直坚守着一个原则,就是不办人情案,也绝不替人说情。可这位乡亲大老远从老家赶过来,带着乡情的重托,如果拒绝了,老乡能理解吗?她该怎样向老乡解释呢?

老乡看到宋鱼水低头不语,他马上明白了。他说:"鱼水啊,你也甭太为难了,我要做人,你更要做人,我不怪你!"

宋鱼水闻听此言,泪水瞬间涌上了眼眶,对眼前这位没有多少文化,但却朴实、宽厚、善良的老乡,她的心中充满歉疚和感激。

这个案子,当初在双方签订合同的时候,很多约定只是口头上的,没有落在纸上。结果老乡这家公司因证据不足而败诉。

事后，宋鱼水告诉他们要以此为鉴，在订立合同时一定要规范，规范才能让企业发展得更好。

俗话说，吃一堑，长一智，经历过风波考验的老乡逐渐也尝到了合同规范的甜头。后来，他感慨地对宋鱼水说："现在想想，真是不应该呀！你干的是公家的事，我咋就想让你用公家的权力去办私事呢！这不是明摆着不该做吗？我咋这么糊涂呢！"

宋鱼水为自己有如此明理的老家乡亲感动得热泪盈眶。是啊，正是因为有的人混淆了公权与私权的界限，才出现了各种不公，出现了这样那样的问题。也正是因为更多的人在思考不公并不断博弈，才让社会公正的土壤更加肥沃。

宋鱼水很感慨，公权与私权，让老百姓分清界限多难啊！宋鱼水可以用私权与老乡礼尚往来，但是法律是绝对禁止法官用公权去办私事的。她很高兴老乡有这么高的觉悟，她也深信，法律观念越来越进步的乡土社会，终究会有这么一天——大家都在呵护公权。毕竟，老百姓最希望公正。

经历过这件事后，宋鱼水再遇到人情与法的冲突时，她知道，自己唯一能帮上忙的，是鼓励他们去收集最有力的证据，写出最有说服力的证词。宋鱼水告诉他们，用充实的证据说服合议庭，才会赢得对他们有利的判决。

宋鱼水说："法官也生活在社会中，人情世故总是免不了的。但是大多数老百姓托人情，找关系，只是想得到一个公正的判决，并不是有什么非分之想。只要审理得公正，老百姓一定会理解。"

"双损"变"双赢"

这是一起商业秘密侵权纠纷案。近年来,随着社会发展进程的不断加快,类似案件的发生一直呈上升趋势。

作为本案的审判长,面前这摞厚厚的卷宗,宋鱼水已翻看了多遍。

原告张先生和被告王先生本是同窗好友,相同的专业、共同的志向,让他们的事业有了交集。大学毕业后,两个人共同筹资,一起创业,携手走过了创业路上的艰辛,成为很好的合作伙伴。

就在他们的事业做得顺风顺水的时候,两人之间因为一点儿小误会,王先生提出辞职。离开原公司后的王先生另起炉灶，自己成立了一家与原公司性质相同的公司。

王先生作为原公司曾经的创始人，掌握着公司里的很多商业秘密，也有很大的客户群体。王先生自己开了相同性质的新公司后，这些商业秘密和客户群，自然就被他带到了新公司里。

得知王先生的做法后，张先生非常生气。

在这期间，他们的同学、共同的好友等都分别做过两个人的工作，希望他们能各让一步。但是，两个人各说各的理，互不相让。

原告张先生一怒之下，将曾经的好友与合伙人王先生告到了法院，并提出财产保全申请，要求冻结被告王先生的全部存款和部分财产。同时，张先生还以王先生职务侵占为由，向公安局报了案。

宋鱼水接手这个案件时，检察院刚刚对被告王先生做出免予起诉决定。

当刚从看守所里出来的被告王先生，看到原告张先生时，他一下冲过去，指着张先生的鼻子大声说："你有本事就告，就报案！这回，我还就跟你耗到底了！看看到底是谁先对不起谁！"

原告张先生也特别激动，他涨红了脸，抬手指着被告王先生说："卑鄙！你偷我的商业秘密，偷我的人，你还有理了？"

如果不是在场的人把他们拉开，两个人真就动手打起来了。

"张先生，王先生，你们都是高级知识分子，是懂理的人。有理说理，千万不要说让自己将来后悔的话。咱们法院，是讲理而非动武的地方。"宋鱼水微笑着对两位当事人说。

听宋鱼水这样说，原告、被告大概也为刚才自己过激的言行感到有些难为情，他们微微冷静了些。

原告和被告的情绪，表面上平复下来，没有再指责对方，也没有吵闹，但从他们说话的语调和用词的尖锐上，在场的人都看得出来，原告、被告双方心里的怒火一直都在熊熊燃烧着，没有半点要熄灭的意思。

为了查明事实真相，宋鱼水对当事人进行了九次询问，做了四次勘验，前后开庭审理了四次。

通过与双方当事人的数次接触，宋鱼水凭着职业敏感性意识到，原告、被告双方之间的矛盾，尖锐到了"有我无他，有他无我"的地步。

所有了解这个案件的人都觉得，这个案子只有判决这一条路可走。因为不仅双方当事人不同意调解，就连他们各自的律师，也都觉得没有调解的可能。

宋鱼水却不这样想。她知道，一旦法院判决，输了的那一方，肯定还要继续上诉。原告、被告双方这样相互诉来诉去，不仅怨结得更深，而且双方在经济上也损失更大。

类似的案件，宋鱼水也接触了一些。企业间你死我活的缠诉，有可能会把两个企业都拖垮。经济效益受到损失的同时，也加剧了社会矛盾，不利于经济发展和社会稳定。

宋鱼水不想看到那样的结果，特别是不想在自己经手的案件上，出现那样的结果。

要想化解原告、被告双方的矛盾，在绝大多数人看来，都是件非常难的事。但并不能因为

"双损"变"双赢"

难，就轻易放弃。自幼，宋鱼水就不是这样的性格。

宋鱼水知道，原告、被告双方曾是同窗好友，又一起携手渡过创业初期的难关，他们之间不仅有恩怨，也一定有许多值得回忆并牢记终生的故事。

抽丝剥茧，宋鱼水找出了原告、被告之间最牢固的那条"纽带"。

循着这条"纽带"，宋鱼水不厌其烦地做着双方的工作。宋鱼水多次与原告、被告像朋友一样推心置腹地长谈，入情入理地分析他们合作的基础，分析如果不停反诉，对企业、个人和社会的害处。

经过宋鱼水的一再努力，原告终于被打动，他表示可以调解。之后，被告也被打动，也同意调解。

宋鱼水趁热打铁，给了他们一个建议："你们可以重新合作，成立一家新公司。这样既能保住自己的知识产权，又能变竞争为合作。"

对再次合作，张先生和王先生还有些顾虑，

他们一时都没有点头。

"让1+1=2，而非1-1=0。强强联手，'双损'变'双赢'。这个道理，你们应该比我更清楚吧？"宋鱼水微笑着问他们。

张先生和王先生内心被打动了，但一时都不好意思先开口。

宋鱼水又像朋友一样和他们聊起了大学时的生活。谈到这个话题，张先生和王先生的语调轻松起来，聊着聊着，他们聊到了那时的友谊，那时曾说过的话、做过的事。

在友好的气氛下，宋鱼水也坦诚地说："企业发展到一定阶段，面临法治的瓶颈，补上公司法这一课，企业的管理在以情聚合的基础上升级为法治护航，这便是现代企业管理制度。经过感情的磨砺后，你们可以做得更好。"

最终，张先生和王先生的两双大手紧紧地握在了一起。

宋鱼水看到他们和好如初，终于松了一口气。

此后，张先生和王先生再次合作，成立了一家新公司，还接受了中央电视台的采访。

在采访中,张先生和王先生一起出镜,他们都谈到了宋鱼水法官。

王先生说:"是宋鱼水法官,让我对法律有了全新的认识和理解。"

张先生说:"这次诉讼,让我对'法官'这两个字,有了不一样的认知。以前,我觉得,公正判案的法官,就是好法官。认识了宋鱼水法官后,我才知道真正的好法官是什么样子的。"

让"对立"变成"和谐"

在海淀区人民法院工作期间,宋鱼水曾审理过这样一起科研成果纠纷案——一家民营企业中的几位科研人员,研发取得了一项很有价值的科研成果。该科研成果一旦应用到生产中,将会为公司带来较大的经济效益。

该项科研成果中标后,参与研发的一位部门经理张先生,以个人在研发该产品过程中起了重要作用为由,要求公司从中标所得金额中抽取酬金一百余万元支付给他。

可是公司认为,在该项目研发期间,公司已支付了工资及相关费用给张经理,张经理及其团队所研发出的产品应该属于公司,而不是某个人。因此,公司拒绝了张经理的要求。

因诉求未被满足,这位张经理便将他所在的公司诉至法院,要求该公司将一百余万元酬金支付给他。

被自己的员工告上了法庭,公司领导很生气,他们专门聘请了律师来应诉。另外,公司法务部门还为此专门进行了研讨,他们比对各种相关法律条款,最后一致认为,这位张经理肯定不会胜诉。

张经理则认为,没有他的积极参与,就不会有现在的这项成果,也就不会在转化过程中产生收益。他状告公司,是为了维护个人的正当权益。胜诉的,一定是他本人,而非公司。

一场原告、被告双方互不相让的官司,自此开始。

而不巧的是,在诉讼期间,原告张经理因病去世。

被告公司用各种方式向法庭表示,张经理的诉讼请求不应得到支持。

为了尽可能把纠纷解决好,宋鱼水提议通过

调解的方式来解决问题。但是，公司方面态度强硬，拒不接受调解的建议。

如果以判决的方式，对照相关法律条款审结，其实非常简单。但宋鱼水却不想这么做。她知道，如果判了，原告、被告双方从此将结怨。原告虽然不在了，但他的亲属与公司还会有这样那样的联系。

宋鱼水决定要运用调解的方式，打开双方的心结，让原告、被告双方当事人由"对立"变为"和谐"，真正做到让这个案子案结事了。

最终，宋鱼水决定和被告公司的法人吴先生进行一次深入的交流。

"虽然公司不太同意调解，但我还是建议你们能通过调解来解决。"宋鱼水开门见山地对吴先生说。

"既然他能起诉公司，那我们就坚决应诉到底。从接到起诉书的那天起，我们就没想过用调解的方式解决。"吴先生很坚决地说。

"您想想，人都没了，咱再这样坚持，公司那么多员工，他们会咋看？员工们可都看着咱们怎么来处理呢!"宋鱼水朋友般地对吴先生说。

"我明人不做暗事,再多的人看着我也不怕,理亏的本来就不是我。他有本事告公司,公司就要在法庭上定出个是非长短。"吴先生气呼呼地说。

面对怒气未消的吴先生,宋鱼水不急。她平心静气地和他拉着家常。她说:"在这个案件中,即使是原告理亏,如果我们公司方面做得太绝,对公司也没多少好处。何况你们还曾经是很好的同事。对吧?"

宋鱼水这么一说,勾起了吴先生对张经理生前工作的一些回忆:"按说,张经理这个人,工作方面还是有一定能力的。在这项成果的研发上,他也确实出了一些力。可我待他一直也不薄呀!再说,即使有矛盾,有问题,也用不着上诉到法院吧?这是公司内部矛盾吧?"

"您说得特别好!"宋鱼水微笑着肯定了吴先生的说法,"这个案子,确实是咱们公司内部的问题,原告是公司的职员。您作为公司的法人,如果通过调解的方式把案件解决了,对原告亲属、对咱们公司，不是件双赢的事吗？您觉得呢？"宋鱼水微笑着看着他。

宋鱼水入情入理的观点和朋友般的言辞，渐渐融化了吴先生心中的坚冰。曾态度非常强硬的他，终于改变了想法。

吴先生也是一位很爽快的人，他当场决定，选派一名与原告生前关系比较好的副总经理和律师一起处理此事。为了表达诚意，公司还让那位副总为原告的家属带去了慰问金。

后来，原告的妻子打电话给宋鱼水，表达了真诚的感谢。交谈中，原告的妻子告诉宋鱼水："老张在的时候，我们和公司老总曾是很好的朋友。我们应该面对死者，更应该面对未来。"

一桩员工状告公司的官司，在宋鱼水的不懈努力下，顺利调解成功。曾经坚决对立的原告、被告双方，终于握手言和。

宋鱼水曾应邀在北京市高级人民法院为全市初任法官授课。在课堂上，她既分享了自己的判决经验，也讲述了自己对调解的理解。

宋鱼水说："从法律层面研究调解很重要，文化层面的调解感悟也是非常重要的。至于调解的方法可谓仁者见仁，智者见智，这需要初任法官在实践中不断摸索，从而探索出与他人大致相同又独特的调解风格。需要强调的是，依法调解既容易实现调解，又能够更好地维护法律的尊严。另外，法律人要注重生活的感悟，用生活的感悟破解法律的难题。中华民族在五千年历史长河中，积淀的博大精深的生活哲理，是我们法律人的巨大财富。"

此时，宋鱼水进入法院工作已达二十三年。她分享给年轻法官们的，是建立在她二十三年深厚实践基础之上的感悟和经验。

跨越这道坎儿

作为经济审判庭的办案法官,在经济庭工作期间,宋鱼水和她的同事跑遍了祖国的大江南北,送达、调查、调解了数不清的案件,也接触到了性格迥异的当事人。

有一年,宋鱼水承担了全庭外出调查和调解的工作。从南国到北疆,很多地方都留下了宋鱼水奔波的身影。在与形形色色的原告、被告及其代理人进行的沟通交流中,宋鱼水也对各个地区不同的文化有了更深入的了解和认识。

宋鱼水曾多次去广东出差,她十分喜欢那里的水土气候和商业文化。其中一次去广州出差的经历,让她记忆深刻。

那是一桩看似极普通的经济案件：供应商赵某某起诉广东某饮料生产商李某某，要求李某某归还所欠货款，并支付利息。类似的案件，在法院经济庭每天不知要出现多少桩。

宋鱼水从北京首都国际机场出发的时候，天空万里无云，艳阳高照。飞机经过三个多小时的飞行，顺利抵达广东白云国际机场。从舷窗望出去，机外却是大雨瓢泼。为了不影响第二天的工作，宋鱼水毅然决定与同事冒着倾盆大雨前往被告所在地。

汽车在大雨中艰难前行，记忆中美丽的南国景色，此时完全不见了踪影。像瀑布一样的暴雨，鞭子般抽打着挡风玻璃，缓慢行进的汽车宛若一艘在惊涛骇浪中飘摇的小船。视线所及，除了雨，还是雨。

直到将近夜晚十二点钟，宋鱼水一行人才到达当事人所在的小城。

连续十几个小时的奔波，加上睡眠时间太少，宋鱼水第二天清晨出门要去见当事人的时候，脑海中隐隐有种预感：也许，这次见面不会有预想中的好结果。

但无论怎样，宋鱼水都会尽自己所能，努力去做被告的工作，争取让这个案件有一个圆满的结果。

怀着忐忑的心情，宋鱼水和同事迈进了当事人的大门。

但接下来发生的一切，却出乎宋鱼水和她同事的预料。

谈话开始之前，被告李先生带领宋鱼水一行人参观了他的饮料生产线。李先生讲解得认真又仔细。宋鱼水看得出，李先生很爱他的企业，对这个厂子，他倾注了很多心血。厂子里一套在当时来说相当不错的生产线，无论从技术含量还是生产规模上来说，都有一定的水准。

宋鱼水听着李先生的讲解，心中不免疑惑起来：这样一家企业，这样一位私企老板，怎么会拖欠供应商的货款不还呢？

像是看出了宋鱼水的想法，李先生对宋鱼水一行人说："从建厂的时候起，我就告诉自己和厂里的人，要诚信经营。作为商人，一时的不诚信，也许能得到一些本来不该得到的小利益，可是，这样的经营肯定不会长久。这是自己砸自己的牌子，自己贬自己的人品，我一直很鄙视这样的人。没想到的是，今天，我竟然成了被告。"

宋鱼水专注地看着李先生，耐心地听他诉说。

"出了这样的事，我有很大的责任，也很自责。"李先生接着说。

"我知道，出现这样的问题，一定是有原因的。"宋鱼水平静地对李先生说。

李先生说："是啊，确实是没想到的事。年初，厂里进了一批瓶盖，因为把关不严，出现了质量问题。最终导致商家退货，产品大量积压，资金一时周转不过来，另一家供货商的货款就没有按合同支付。"

宋鱼水很佩服李先生的经商理念，也知道了李先生没有按时支付供货商货款的原因。宋鱼水看得出，李先生并不是那种赖账不还的"老赖"，他一时还不上供货商的货款，也是因为意外和无奈。但是，不论什么原因，违反合同的行为，法律都是不允许的。

"你打算怎么办?"宋鱼水心平气和地问李先生。

李先生说:"我希望宋法官能帮我们调解解决。我会想办法,尽快把这笔货款还给对方。"

"还款的期限呢,你是如何计划的?"宋鱼水微笑着问李先生。

"经销商那边还有一笔货款没要上来,对方答应十天左右把钱打过来。我再催催,争取一周内把这笔欠款还给供货商。宋法官,您看这样可以吗?"李先生说。

"你能保证十天内把欠款还给供货商?"宋鱼水又问李先生。

"我保证!"李先生说。

宋鱼水选择了相信被告,她决定再去找原告赵先生,做进一步的调解工作。

另外,李先生在调解期间告诉宋鱼水这样一件事:有一家香港公司想出三百万元买他的饮料商标,但被他拒绝了。

"为什么呢?"宋鱼水问。

李先生说:"在我看来,人活着不单是要有一点儿钱,还得有点事干。"

对李先生的这句话,宋鱼水很认同。

李先生接着说:"你看那些在街边卖拖篓的人,只要他认真去做,明年,他就可能会有自己的小卖部。再努力做几年,可能就会有自己的小公司。广东人就是这样想的,也是这样干的。"

宋鱼水被李先生的这番话深深打动,她暗下决心,一定要想办法把这个案子调解成功。在以后的工作中,也一定把类似这样的案子尽可能地调解成功。作为一位有情怀、有温度的法官,宋鱼水不愿看到自己案件的当事人因为"官司"而跌倒在追求卓越的路上。

经过宋鱼水反复做工作,原告赵先生表达了对被告李先生的谅解。

被告李先生果然没有食言,七天后,他把欠赵先生的货款全部付清。

这个看似普通的案例,通过宋鱼水的不懈努力,原告、被告双方通过调解的方式结案。

宋鱼水在经过细致的实地调查后,给了被告李先生一些时间和空间。对身为被告的李先生而言,这点时间和空间避免了企业的倒闭,从而留住了事业的根;对原告赵先生来说,仅仅等了一周的时间,就在维护自身权益的同时,也未把对方置于死地,最终实现了双方利益的最大化。

在宋鱼水的调解下,曾经的原告赵先生和被告李先生握手言和,他们都表示,以后还将继续合作,实现共赢。

胜败皆服

民商事案件判下来,总是一方胜诉,而另一方败诉。这一点,是任何人都无法改变的事实。

胜诉的一方,自然是皆大欢喜。而败诉的一方,往往很难平静地接受法院的裁决,他们会有各种的质疑、不满和不甘心。有些法律素养较低的败诉者,甚至会不停地到法院吵闹,企图通过这种不正当的方式,来达到根本不可能达到的目的。

所以,法官仅仅做到公平、公正地判案,也只是解决了一部分问题。当判决之后发生一些问题时,依然需要法官将相关法律、法规向当事人不断释明。他们需要不厌其烦地为败诉方辨法析理，解惑释疑，让输者输得清清楚楚，口服心服。

宋鱼水在审理案件的过程中，常常会遇到类似的人和事。她经常思考：作为一名法官，怎么样在判决后，能让两方胜败皆服呢？只有这样，才能让当事人平静、理性地接受判决结果，也才能使社会更加稳定。

从小，宋鱼水就是个执着的人，她不怕遇到问题和困难。有问题和困难，才能让自己去思考，去学习，去找对策。这个过程，有苦有累，但也充满了挑战和快乐。看到曾困扰着自己的问题迎刃而解，那种成就感和幸福感，是任何局外人都无法体会到的。

经过长期摸索和不断学习，宋鱼水终于找到了解开败诉方心结的密码。每一次，她都能凭借自己出色的专业素养和一颗对当事人宽容、理解、尊重的心，赢得当事人的理解和遵从。

一家电子设备租赁公司曾经打过两场官司，而这两个案件的审判长恰好都是宋鱼水。判决结果是一胜一败。巧的是，这家电子设备租赁公司第三次打官司时，遇到的审判长又是宋鱼水。

按照合同约定，这家电子设备租赁公司出资三十万美元，购买了一套显示器生产设备，有偿提供给南方一家电视机生产企业使用。

电视机生产企业因经营不善等原因，长期拖欠这家电子设备租赁公司租金。该公司在多次催要租金未果的情况下，将电视机生产企业起诉到法院。租赁公司要求该电视机生产企业偿还二十二万美元租金、逾期利息及罚息，同时要求担保公司承担连带责任。

在当时，融资租赁还是个新鲜事，类似的案例，更是难以找到，相关法律、法规也少有这方面的规定。

宋鱼水是个认真又执着的人，她绝不允许拿自己尚无法彻底掌握的尺度，去对案件做法律的评判。哪怕是一丝一毫的含糊，她也不能容忍。

为了更准确、公正地处理好这个案件，宋鱼水做了比常见案件多几倍的前期准备工作。她到处请教相关专家、学者；到书店、图书馆寻找与此有关的书籍；到网上查阅大量国内外相关资料。

经过大量的工作与知识积累，宋鱼水在开庭审理之前，对这个案件的性质，以及其适用的法律条款、法律尺度等问题已完全掌握。

该案如期开庭。

经过详细的法庭调查、激烈的法庭辩论，原告、被告及第三方做最后陈述后，审判长宋鱼水向当事人宣读了本案适用的法律条款，然后敲响了法槌，宣布休庭。

合议庭合议后，继续开庭宣判。

判决结果是：电视机生产企业偿付所欠电子设备租赁公司租金及逾期利息。驳回电子设备租赁公司要求罚息和担保公司承担连带责任的诉讼请求。

判决后，电子设备租赁公司对这个结果难以接受。

"本来就是电视机厂家的错，他们欠我们的钱不还，给我公司造成了无法估量的损失。法庭驳回我们对电视机厂罚息和担保公司承担连带责任的诉求，我公司表示不能理解。"电子设备租赁公司法人对这个判决结果不满意。

"您对哪条哪款不明白,可以请您的代理人过来,我和他解释。"宋鱼水平心静气地对原告公司法人说。

很快,电子设备租赁公司的代理人就带着相关法律条文和司法解释,来找宋鱼水询问。

宋鱼水并没有因为工作忙和已结案,就对电子设备租赁公司的代理人简单应付,她热情地接待了这位代理人。

宋鱼水和电子设备租赁公司代理人坐下来,对原告方存有异议的条款,她逐条进行认真仔细的解释。对代理人仍不明白的地方,宋鱼水也不着急。她又翻找出开庭前自己搜集到的相关资料和一些延伸法律条款,和代理人一起解读。

经过将近一个上午的沟通交流,在宋鱼水专业又耐心的解释下,该公司的代理人终于了解了法庭如此判决的法律依据。

曾对该判决结果耿耿于怀的代理人,此时已完全释怀。他紧紧握住宋鱼水的手,真诚地说:"宋法官,真是太感谢了!您对这个案件的解释,不仅使我明白了您这样判决的法律依据，也让我增长了知识，学到了很多新东西。"

宋鱼水微笑着对代理人说："把案件的公正标准向当事人释明，让当事人赢得堂堂正正，输得明明白白。这些，都是我应该做的。"

宋鱼水知道，代理人想清楚了，公司的法人自然也会想明白。

果然，代理人回去后的第二天，公司法人就打电话给宋鱼水。他说："在你这里打官司不是一次两次了，每一次，都是赢得堂堂正正，输得明明白白。这个判决结果，我完全同意。感谢！"

两天后，电子设备租赁公司派人把一面鲜红的锦旗送到了海淀区人民法院。锦旗上是八个金光闪闪的大字：辨法析理，胜败皆服。

一位法律界前辈在谈到宋鱼水时曾说过这样一段话："对于一位法官而言，能做到业务精通、公平断案，已经不辱使命。宋鱼水又向前推进了一步，达到了'辨法析理，胜败皆服'的境界。更多的人则由此坚信了一个朴素的道理——是非总有公道，公道自在人心。"

法官与母亲

宋鱼水工作繁忙,各种社会活动也非常多。但她说:"我不仅是一名法官,同时还是女儿、母亲、妻子、儿媳。每一个角色,我都要尽到应尽的责任,并尽力做好。"这需要宋鱼水付出比别人更多的时间和努力。

而法官这个职业,可以让从业者学会如何在各种矛盾中寻找平衡。

生活中的宋鱼水一直通过各种机会和方式,努力承担好自己对家庭应尽的责任。宋鱼水说:"家庭是社会的细胞,家庭和谐是构成社会和谐的基础。家庭和谐了,社会才会更和谐。"

宋鱼水的儿子年幼的时候,父母知道宋鱼水

太忙了，既要处理各种各样的工作，又要学习进修，回到家还要照顾孩子。老人心疼女儿，他们商量后，决定带外孙回山东老家住一段时间。

一开始，宋鱼水和丈夫都舍不得儿子离开自己，毕竟他们决心在北京抚养孩子，已准备好了工作和家庭两不误。可是，他们两人的工作都非常忙，听了父母的建议后，他们决定试一试。

为了让孩子更适应姥姥、姥爷的抚养，一家人提前做了很多功课。有过带孩子经验的人都知道，孩子小时候，谁带和谁亲。那段时间，一家人有意让孩子二十四小时和姥姥在一起。

终究到了要说"再见"的时候，送孩子到北京站的那天，儿子伸出小手让宋鱼水抱。这一抱，就意味着真的要与儿子分开一段时间了。母子告别的时候，姥姥把孩子接过去，孩子对妈妈挥动着小手，像平时妈妈上班时告别那样。

宋鱼水知道，孩子是可以离开母亲的，这让她放心了许多。但当火车载着孩子渐渐远去，那种母子分离的刻骨之痛，还是深深地烙印在宋鱼水的心中，久久挥之不去。

送走孩子后,宋鱼水便很快全身心地投入繁忙的工作当中,阅卷,接待当事人,走访,写判决书,一旦投入紧张的工作中,宋鱼水就不再那么想儿子了。宋鱼水是个做任何事都特别专注的人,她的工作及职业素养,也不允许她在工作的时候思念幼子,心猿意马。

那一年,宋鱼水的工作特别忙。年底,她又承担起全庭的到外地送达文书和调查的任务,从冰天雪地的东北小镇到寒风刺骨的中原大地,从茫茫无际的内蒙古草原到阴雨连绵的岭南地带,她为了工作四处奔波。

又一个春节临近了,宋鱼水计划回老家探亲,这个假期将与儿子一起度过。由外地出差回到北京后,宋鱼水把手头的工作一交代清楚,就买好当天的火车票,迫不及待地往山东老家赶。一路上,将要看到儿子的幸福和焦急使她既兴奋异常,又坐立不安。

迈进家门,宋鱼水一眼就看到了正在院子里和姥姥一起玩的儿子。

宋鱼水几步奔到儿子面前,她蹲下身子,伸

开双臂，含泪轻唤着儿子的名字。

可是，儿子却没有朝着宋鱼水张开的怀抱扑过来。他反身趴在姥姥怀里，用眼睛的余光怯怯地打量着宋鱼水。

"宝宝，这是妈妈呀！你不是要找妈妈吗？"姥姥低下头，用脸颊轻轻蹭着外孙的小脑袋，柔声说。

看到儿子迷茫的眼神，宋鱼水含在眼里的泪水，终于忍不住滚落下来。

"天哪，儿子不认识我了！"

宋鱼水心里刀割般地疼痛难受。离别时的那一幕，倏地浮现在宋鱼水的眼前。儿子奔向老家，也是到大自然去，到环境优美的地方，并非是有意远离妈妈的地方呀！亲情能够因远离而疏离陌生吗？宋鱼水一时间茫然了。

眼前这一幕，给初做母亲的宋鱼水上了生动的一课。看来母子关系需要从零开始，一点一点地修复。母爱温暖而又伟大，生生不息且永远不可抗拒。终于，一只柔柔的小手，在宋鱼水满是泪水的脸上轻轻触了一下。宋鱼水抬起头，看到儿子正看向她的那双眼睛，清澈、明亮，有点胆怯，有些迟疑，又有些许的好奇和期盼。

宋鱼水伸手猛地把儿子搂在了怀里。

"妈妈！"儿子哇的一声哭了，他一头扑到宋鱼水的怀里，双手搂住她的脖子，小脸紧紧地贴在她的胸口上。

这个假期，宋鱼水作为母亲享受到了从未有过的幸福、快乐。她陪儿子学走路，看孩子哪个动作可以再试一次，哪些要求可以多满足一次，他们笑着，闹着；他们一起观察院子里的小鸡、小狗和小猪，在动物的世界里，儿子沉浸在无穷的快乐当中。宋鱼水发现，老家有那么多让儿子感兴趣的东西：随便一点儿沙土，他就可以把水搅在里边，将泥巴捏成各种可爱的形状，能玩好久，玩得很开心；雪天里，大一点儿的孩子打雪仗，儿子在一旁看得津津有味，手舞足蹈着，也试着加入其中……

宋鱼水带儿子去看海，看大人们赶海，挖蛤蜊……小脚丫，大脚丫，一起踩踏出一串串快乐的浪花。

那个怯怯的小男孩，渐渐变得快乐，变得勇敢。

假期结束，宋鱼水要回京了，她决定把儿子带回北京。

宋鱼水说："为了孩子能有完整的母爱，再苦再累，我也要把他带在身边。"

在对待家庭的问题上，她既是一个爱父母的好女儿，更是一个爱孩子的好母亲。

经过一段时间的摸索，宋鱼水找到了既能带孩子又能省时间的窍门。比如，孩子应该做的事情，她努力让孩子自己去做，不剥夺孩子的天性；鼓励孩子与小朋友一起玩；鼓励孩子努力按照自己的计划去做，特别是一些好的习惯；陪孩子过马路时，告诉他要遵守交通规则；孩子读《三国演义》等名著的连环画时，鼓励他尽力多接触原著；孩子在幼儿园上整托时，鼓励他多过集体生活；偶尔，和他一起观看精彩电影，用激活正能量的方式积极引导孩子的行为……宋鱼水后来发现，尊重孩子是父母教育孩子的聪明做法，也会为父母赢得更多的工作时间。

宋鱼水说："取得工作成绩不能以牺牲家庭为代价，工作时全身心投入，在家里，我则是一个持家的妻子和母亲。当工作需要投入更多精力和时间时，我要先和家里人说明，征得他们的理解。但还必须忙里偷闲，陪陪家人，尤其要找时间多陪陪孩子。"

在宋鱼水及其家人的关爱下，儿子健康快乐地茁壮成长。如今的他，已经成长为一个能理解妈妈、支持妈妈、有爱有担当的男子汉。